KB012774

KILL THE DRAGON 킬 더 드래곤

KILL THE DRAGON 4

백수귀족 현대 판타지 장편 소설

초판 1쇄 찍은 날 | 2016년 7월 8일
초판 1쇄 펴낸 날 | 2016년 7월 15일

지은이 | 백수귀족
펴낸이 | 예경원

기획 | 위시북스
편집책임 | 박우진
편집 | 이즈플러스

펴낸곳 | 예원북스
등록번호 | 제396-2012-000132호
등록일자 | 2012. 7. 25
KFN | 제1-012호

주소 | 경기도 고양시 일산동구 호수로 646-24 위너스21 II 빌딩 206A호 (우)10401
전화 | 031-819-9431 팩스 | 031-817-9432
E-mail | yewonbooks@naver.com

ⓒ백수귀족, 2016

ISBN 979-11-5845-520-0 04810
ISBN 979-11-5845-605-4 (set)

KILL THE DRAGON
킬 더 드래곤

WISHBOOKS MODERN FANTASY STORY
백수귀족 현대 판타지 장편소설

4

Wish
Books

KILL THE DRAGON

킬 더 드래곤

CONTENTS

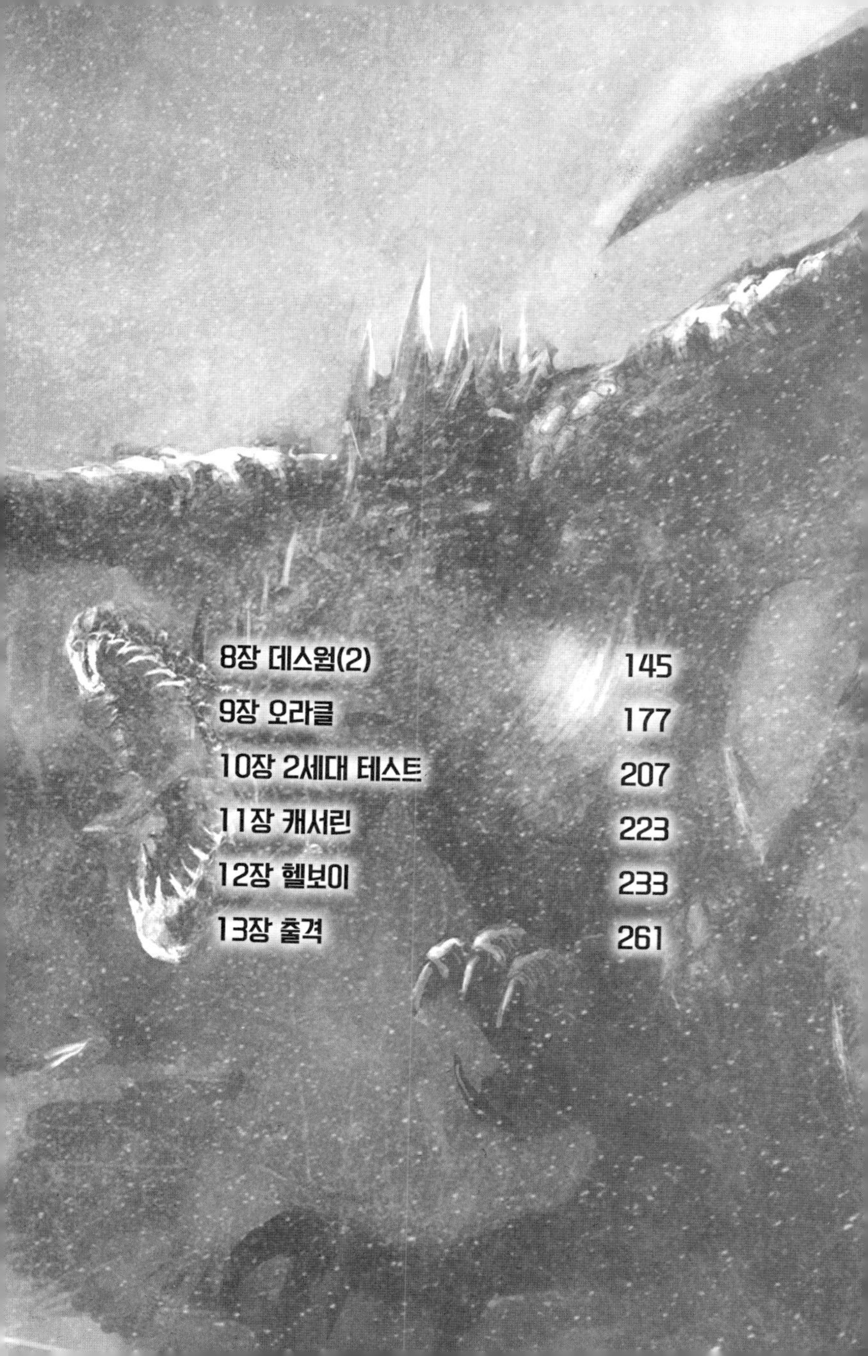

1장
프로토 타입 개(改)

티라나 전투에서 사이코 프레임 4기의 소실은 치명적이었다. 제2세대 사이코 프레임 양산 예정은 아직 멀었다. 지금부터 급하게 예산을 당겨서 시작하더라도 단시간에 전력을 갖추는 건 무리다.

"불행 중 다행인 점은 드래곤이 나타났다는 거지."

아크의 참모장 알렉산더 레코르가 말했다.

"아랍권 국가 다수가 아크 프로젝트에 참가하겠다는 의사를 밝혔습니다."

다른 간부가 홀로그램으로 된 세계지도를 켰다. 아크 프로젝트 미참여 국가들 중에 상당수가 참가 의사를 밝혔다. 알렉산더 참모장은 그게 마음에 들지 않았다.

"간을 보다가 뒤늦게 확신이 드니까 잽싸게 들어오는군."

아크 프로젝트는 막대한 예산이 들어간다. 미참가국들은 자체적으로 예산 절감 차원에서 자국 내에서 사이커를 키우기도 했다. 아크 프로젝트에 참가하지 않는다고 모두 순수파는 아니었다.

'실제로 순수파였더라도 드래곤이 오지 않는다는 가정이 깨졌으니 상당수가 전향하겠지. 당장 생존이 문제니까.'

이번 드래곤의 등장으로 순수파의 입지는 상당히 좁아졌을 터다. 아크에서는 드래곤 영상을 여러 나라에 뿌렸다. 압도적인 드래곤의 위용 덕분에 분열됐던 국가들은 힘을 모으기 시작했다. 위기의식을 느낀 각국의 수뇌부들이 움직였다.

"8번째 드래곤, 바하무트는 지금까지 나타난 드래곤과는 다릅니다."

연구원 하나가 말을 꺼냈다. 알렉산더가 고개를 들었다.

"바하무트라……. 세기말 짐승인가. 이름 한번 거창하게 지었군."

"한 전투대원의 말에 따르면, 바하무트가 직접 말을 걸었다고 합니다. 텔레파시의 일종으로 보이는 능력입니다."

"환청이 아닌가?"

"그럴 가능성도 염두에 두고 있습니다. 당사자는 3학년 이한으로 바하무트와 가장 근접해 있었다고 합니다. 하나, 이한은 현장에서 드래곤 피어를 가장 빨리 깨뜨리고 움직인 대원입니다. 그 자리에서 가장 이성적인 사고가 가능했다는 겁니다."

"예상대로 2세대가 저항력이 더 강한 모양이군."

단순히 가정이었다. 하지만 확신으로 바뀌었다.

"이론적으로는 사이킥 능력이 뛰어난 순으로 드래곤 피어를 이겨내야 하지만, 이한 같은 경우는 아마도 정신적으로 또래보다 성숙한 측면이 반영된 것 같습니다."

"그런가."

알렉산더는 턱을 괴고 다음 보고를 들었다. 이한의 이름은 일개 3학년치고는 자주 회의에 언급됐다. 특이한 케이스임과 동시에 특출한 소년이다.

연구진의 보고가 끝나자 이번에는 군사 장교 한 명이 일어서서 말했다.

"각국에서 미니언의 움직임이 거의 발견되지 않고 있습니다. 티라나 전투에서 대부분 죽은 듯합니다."

"그것 역시 불행 중 다행이로군. 당분간 전투원들도 쉴 수 있겠어."

티라나 전투는 미니언들 입장에서도 큰 도박이었다. 그들은 남은 잔당을 끌어모아서 차원 게이트 의식을 시도했다.

아크와 연합군은 그걸 막아냈다. 미니언도 당분간 활동을 재개하기 힘들 터다.

알렉산더 참모장은 남은 안건을 차례대로 검토했다. 공개 석상에서 나오기 힘든 사령관을 대신해 그가 공적인 업무는 대부분 수행한다. 부사령관 직책은 공석이기에 아크에서는 알렉산더가 사실상 사령관이나 마찬가지다.

"그럼 오늘은 이 정도로 끝인가?"

알렉산더가 좌중을 둘러봤다. 구석에 있던 개발진 쪽에서 누군가가 움직였다. 제3기술 팀 엔지니어 치프 지크프리트 슈마허. 하지만 아무도 그를 멋들어진 이름으로 부르지 않는다. 그는 문어를 닮은 대머리 옥토였다.

"옥토?"

알렉산더가 상체를 앞으로 당겼다.

옥토는 좀처럼 회의에서 말을 꺼내지 않는 사내다. 그는 뼛속까지 기술자라서 정치적 사안이나 회의에는 관심이 없다. 그의 발언이 알렉산더의 관심을 끌었다.

"검토해 주셨으면 하는 사안이 있습니다."

"뭔가?"

"1팀에서 맡고 있는 2세대 프로토 타입을 3팀으로 인계받고 싶습니다."

그 말이 떨어지기가 무섭게 1팀 치프, 찰리 스미스가 소리를 빽 하고 질렀다. 찰리 스미스는 팔팔한 노인네였다. 미리 합의가 되지 않은 사항인 듯했다.

"조용! 일단 이야기나 들어보지."

알렉산더가 외쳤다. 옥토는 제1팀 치프, 찰리 스미스에게 시선도 두지 않았다.

"프로토 타입은 당장 전력화 가능한 사이코 프레임입니다."

옥토가 말하자마자 스미스 노인이 소리를 질렀다. 얼굴이 핏발이 섰다.

"야, 이놈아! 그게 무슨 소리야. 그 꼴초 레드조차 간신히 운동 반응을 했어. 드래곤 소재 비율을 너무 높게 잡았단 말이다! 그냥 탐이 나면 탐이 난다고 말하지 어디서 헛소리를!"

옥토는 귀를 막았다. 더욱 화가 난 스미스는 옥토의 멱살까지 쥐어 잡았다. 기술 팀끼리는 보통 사이가 좋지 않다. 경쟁하는 사이이며, 서로 지향하는 이상점이 달랐다.

"영감님도 그만 좀 하쇼. 어차피 분해해서 공장으로 다시 보낼 거 아니었습니까?"

"그래도 네놈에게는 못 준다! 못 줘! 또 무슨 장난을 치려고!"

알렉산더는 지끈거리는 머리를 감쌌다. 제1팀 치프, 찰리 스미스는 전설이다. 죽은 뒤에도 사이킥에 반응하는 드래곤의 사체로 온갖 실험 끝에 강화 외골격 슈트, 사이코 프레임을 고안했다.

모든 사이코 프레임은 스미스의 연구 결과를 바탕으로 제작된다. 하지만 성격이 문제다. 젊은 사람을 인정하지 않는 노인네 특유의 꼬장꼬장함이 있다. 옥토 역시 노인네라고 양보해 주는 성격이 아니다. 알렉산더 입장에서는 연구진보다 더 다루기 힘든 인재들이 개발진이다.

"빨리 말하게, 옥토. 내 고막이 터져 버리기 전에."

옥토는 마시멜로를 꺼내 질겅질겅 씹었다.

"프로토 타입에 맞출 수 있는 사이커가 있습니다. 특이 케이스인지라 오히려 양산 예정인 표준형보다 이쪽이 나을 겁니다."

사이코 프레임은 단 한 기라도 더 확보할 필요가 있다. 알렉산더는 연습용 사이코 프레임 올드맨조차 재무장시킬 생각이었다. 그만큼 대드래곤 병기 확보가 급했다. 지금 상황에서 바하무트급 드래곤이 단 한 마리라도 온전히 출현한다면……. 인류는 멸망한다. 과장이 아닌 기정사실이다.

"계획안을 올리게."

알렉산더가 짧게 말했다. 옥토가 스미스를 향해 승리의 미소를 지었다.

이한은 갈비뼈 보호대를 차고 왼팔은 깁스를 했다. 얼굴은 연고 자국으로 얼룩덜룩했다. 티라나 전투는 아크의 승리로 끝났다.

전투가 끝나고 신입이었던 이한은 많은 주목을 받았다. 분대장 역할을 수행했으며, 드래곤에게 한 방 먹였다. 수년간 전장을 종횡한 군인들도 하지 못한 일을 소년병이 해냈다.

"조니 슈발츠."

이한은 슈발츠의 마지막 모습을 봤다. 핏물로 흐린 시야 사이로 슈발츠가 끌려가는 걸 보았다. 공식적인 발표는 전사가 아니라 실종이다. 이세계 어딘가에 살아 있을 확률도 있다. 그러나 그 생존 가능성이 까마득하게 낮다는 건 이한도 잘 안다.

꾸욱.

이한은 주먹을 힘껏 쥐었다. 힘이 부족하다는 걸 절실하게 느꼈다. 더 강한 힘이 필요하다. 이한이 가진 기술, 재주, 지략, 전술 그 무엇도 힘의 격차를 줄이지 못했다. 아무리 발버둥 쳐도 개미가 코끼리를 이기진 못한다. 드래곤과 이한 사이에는 그 정도의 차이가 있었다.

마음은 조급했지만 이한은 오랜만에 휴식을 충분히 취

했다. 부상이 나을 때까지 훈련은 중지다. 아크의 수뇌부는 바빴지만, 말단 전투 대원들은 그 어느 때보다 한가로웠다. 이한은 무리해서 훈련하지 않았다. 주위의 조언대로 충분한 휴식이 먼저였다.

"사일런스, 안에 있어?"

이한은 사일런스의 방문을 똑똑 두드렸다. 사일런스는 이틀째 방에서 나오지 않았다. 그에게 큰 부상이 있는 건 아니었다.

덜컹.

문이 살짝 열렸다. 사일런스가 전자 노트만 문 밖으로 살짝 내밀었다.

–내버려 둬.

이한은 머리를 긁적였다. 글자에서 침울함이 뚝뚝 묻어 나왔다.

"언제까지 안에만 있을 거야? 밥이나 먹으러 가자."

–난 쓰레기야. 밥을 먹을 자격이 없어.

"……뭐가 문제인데?"

-그 자리에서 난 아무것도 못했어. 네가 싸우는 걸 쳐다봤을 뿐이야. 치욕적이고 창피해. 벽을 보고 반성 중이야. 면벽 수행이 끝나면 내 발로 나가겠어.

"뭐, 마음이 정리되면 나와."

문이 닫혔다. 이한은 사일런스를 내버려 두기로 했다. 다른 군인들에게 물어보니 사일런스는 임무 중에 실수를 저지르면 항상 저렇다고 했다. 방 안에 틀어박혀서 혼자서 시간을 보낸다. 사일런스는 수많은 임무를 치렀다. 언제나 성공만 하지 않았다. 실패를 극복하는 방법은 각자 다른 법이다.

"여, 티라나의 영웅."

이한이 식당에 들어서자 군인 하나가 놀리듯이 말했다.

"창만 딸랑 하나 쥐고 무작정 돌격이라니. 제길! 멋지잖아?"

바하무트의 드래곤 피어는 지금까지 나타난 어떤 드래곤보다 강렬했다. 1세대 사이커조차 움직이지 못했다. 제대로 움직인 사람은 이한뿐이며, 사이먼이 간헐적으로 반응했을 뿐이다.

'모든 단점을 감안하고도 우리 2세대를 집중적으로 양성하는 이유겠지.'

2세대는 1세대보다 강하다. 그중에서도 특출한 소년들은 단시간에 1세대를 능가했다. 사이코 프레임의 숫자는 한정됐고, 그렇기에 최고의 정예만이 착용 가능하다. 대드래곤전을 대비한 사이커 양성은 양보다는 질이 우선이다.

이한은 여러 군인의 인사를 받았다. 아크의 군인 중에서 이한을 모르는 사람은 없었다. 모두가 웃는 건 아니었다. 친한 동료를 잃은 자들의 얼굴에서는 우울함이 감돌았다.

이한은 한 손밖에 쓰지 못하기에 간단히 집어 먹을 수 있는 음식을 골랐다.

"영웅이 된 기분이 어때?"

라오차가 식판을 가지고 이한 앞에 앉았다.

"재미없는 농담이에요."

"다들 그런 재미없는 이야깃거리라도 있어야 견디기가 편한 거야."

라오차도 티라나 전투에 참가했었다. 그는 후속 부대에 속했다. 몸에는 드문드문 상처가 있었다. 이한은 라오차와 이야기하면서 식사를 했다. 이한은 식사를 끝내고 여기저기를 돌아다녔다. 사이킥 훈련실에는 델 사이먼이 있었다.

"사이먼, 좀 쉬지그래?"

이한은 트레이닝용 쇠구슬을 둥둥 띄우며 말했다. 사이먼은 혼자서 염동력 연습에 한창이었다. 아크 연구원들은 잠정적으로 사이먼이 '염동력 특화'라고 단정했다. 사이먼은 실제로도 염동력을 이용한 다재다능한 전투를 즐겼다. 사용하는 센스, 컨트롤, 파워 모두 우수했다. 염동력을 자신의 수족처럼 다룬다.

"시끄러. 열 받으니까."

사이먼은 불쾌한 기색이 역력했다. 그의 자존심은 크게 무너졌다. 온통 상처투성이다. 사이킥 천재라고 불렸던 소년이지만 쿠로의 등장으로 완전히 밀렸다. S급 사이커는 단련으로 도달 가능한 수준이 아니다. 그야말로 선택받은 자들의 영역이다. 1, 2세대를 통틀어 10명도 되지 않는다. 대부분 죽었다고 알려져 있으며 S급 사이커들의 신원은 특급 기밀이다.

'사이킥에서는 그 깜둥이보다 떨어지고, 다른 면에서는 이한에게 밀린다.'

사이먼은 화가 났다. 그는 지금까지 어디에서나 주인공이었다. 영국 훈련소에서는 마지막 천재라고 불렸으며, 아크에 들어올 때도 주목을 받았다. 레드 중사조차 눈여겨보던 인재였다.

'그런 내가 지금은 그저 그런 3학년 중 한 명에 불과해.'

사이먼은 3학년으로 정식 진급을 했다. 범인들 중에 천재였지만, 천재들 중에서는 범인이었다. 이번 전투로 더 뼈저리게 깨달았다.

위이이잉!

사이먼이 쇠구슬을 여러 개 띄웠다. 그의 혼란스러운 마음을 대변하듯 구슬들이 불규칙하게 움직였다.

'최고의 사이커도 아니야. 블링크처럼 탁월한 특질도 없어! 그렇다고 뛰어난 분대장도 아니지! 제기랄!'

사이먼이 구슬을 거칠게 던졌다. 이한처럼 관성을 이용하지 않고 염동력 에너지로만 던졌는데도 엄청난 속도였다.

"후우, 후우."

화풀이가 끝난 사이먼은 의자에 앉아서 스포츠 음료를 마셨다.

"쌩쌩하네."

이한이 중얼거렸다. 사이먼은 눈을 치켜떴다.

"자꾸 까불지 마. 고작 몇 번 내 위에서 분대장 해먹었다고 내가 아주 우습게 보이냐? 한번 붙어봐?"

이한은 눈을 가늘게 떴다. 사이먼의 말은 좀 지나쳤다. 이한도 곱게 무시당할 생각이 없다.

"사이먼, 자꾸 꼴사납게 굴래? 지금 시비를 걸고 있는 사람이 누군지 따져 볼까?"

이한은 2학년 13분대 창설 시절에 사이먼을 포섭하지 않았다. 사이먼은 오만하고 건방지며 자신이 최고가 아니면 만족하지 못한다. 그는 자존심 강한 엘리트다. 훈련과 교육으로 많이 감화됐다고 하지만 본성이 어디 가진 않는다.

"남은 팔을 부러뜨려 줄까? 난 네 소꿉놀이 친구들과 달라. 아주 조져 버릴 테니까."

사이먼의 눈동자가 빛났다. 사이킥 안광이 흉흉했다. 사이먼은 이한을 보자 화가 치밀었다. 시기심, 질투⋯⋯. 사이먼은 이한에게 열등감을 느꼈다. 그걸 인정하기 싫기에 더 화가 났다.

"사이킥 능력이 강한 사람이 무조건 이기진 않는다는 건⋯⋯ 충분히 학습하지 않았나? 델 사이먼. 내가 13분대장으로 있던 시절에 너와 3분대가 몇 번이나 날 이겼지? 1번? 2번? 기억조차 나지 않는군. 아, 얼마 전에 기조에게도 졌지 않나? 꼴사납게 말이야."

사이먼의 얼굴이 붉어졌다. 기조가 지휘한 13분대에게 패배했던 기억은 그에게 수치였다. 벌레만도 못한 놈이라 여기던 정기조의 책략에 패배했다.

"내려와, 덤벼. 눈 찢어진 원숭이 새끼야."

사이먼이 마침내 그 발언을 꺼냈다. 일촉즉발의 상황이었다. 이한도 사이먼도 둥글둥글한 성격과는 거리가 멀다. 둘 다 남을 짓밟고 올라서는 데 익숙한 소년들이다. 그들은 본능적으로 또래 아이들 사이에서 높은 서열을 차지하는 법을 안다.

"정 그렇게 해보고 싶다면 받아주지, 사이먼."

쾅!

이한이 깁스를 벽에 후려쳤다. 깁스가 깨지면서 팔이 드러났다. 부러지진 않고 금이 간 정도다. 통증 따윈 무시하면 그만이다. 깁스에서 해방된 손가락을 하나씩 굽히면서 이한은 밑으로 내려갔다. 그의 눈동자에는 차분한 냉기가 서려 있었다.

'사이먼과 싸우더라도 우습게 보여선 안 돼.'

이한은 고개를 좌우로 흔들었다. 뼈가 꺾이는 소리가 났다.

'격투술과 근접전은 내가 우위다. 사이먼은 염동력을 사용하겠지. 이곳에서는 염동력으로 움직이기 좋은 사물이 많아.'

이한은 머릿속으로 생각했다. 주위 환경을 살피고 사이먼의 능력을 되새겼다.

끼익.

갑자기 사이킥 훈련실 문이 열렸다. 이한과 사이먼은 살벌한 눈동자로 열린 문을 바라봤다.

"야, 너희들 뭐 하고 있나?"

드미트리가 말했다. 그 옆에는 크누트도 서 있었다. 그들의 복장은 2학년이 아니었다. 이한과 사이먼은 고개를 설레설레 흔들었다. 분위기가 완전히 깨졌다. 진지했던 흐름이 침몰했다. 더 이상 싸울 마음도 안 들었다.

"잠시 훈련 중이었지."

이한이 드미트리에게 말했다. 사이먼은 자리에 앉아서 애꿎은 물통만 찌그러뜨렸다.

"소식 못 들었나 보네. 나와 크누트가 이번 3학년 진급자다."

드미트리가 험상궂게 웃었다. 그 뒤에 서 있던 크누트가 손을 흔들었다.

"내가 가장 먼저 3학년으로 따라왔지. 당연한 결과지만."

크누트가 자랑스레 말하며 으쓱했다. 드미트리와 크누트는 2학년 중에서 실전에 가장 적합하다. 드미트리는 모든 면에서 꾸준히 성장했고, 크누트는 힐링 팩터라는 좋은 특질을 가졌다. 사이먼을 제외하곤 3학년에 가장 근접했던 둘이다.

드미트리의 선임 사수는 전 5분대장이었다. 드미트리 전임이었다. 선임 사수는 대게 신입이 아는 사람으로 정해 준다. 며칠 동안 함께 다니면서 각종 훈련 시설과 규칙 정도만 가르쳐 주면 끝이다.

"그럼, 난 이만."

드미트리가 손을 흔들며 나갔다. 자신의 선임 사수를 만나러 가는 길이었다. 크누트의 선임 사수는 당연하게도 이한이었다. 앞으로 며칠 동안 이한에게 안내를 받는다.

이한은 훈련실을 나가기 전에 사이먼 앞에 섰다. 사이먼이 고개를 들었다.

"너도 나도 머리 좀 식혀야겠다. 인정하지?"

이한이 말했다. 사이먼이 피식 코웃음을 쳤다. 생각해 보면 싸울 일이 아니었다. 하지만 먼저 약한 면을 보이는 건 자존심의 문제였다.

"그러면 당분간 내 앞에 나타나지 마. 식다가도 열이 뻗칠지도 모르니까."

이한은 크누트와 훈련실을 빠져나왔다. 이한은 사이먼에 대해 생각을 했다. 예전부터 느꼈지만 사이먼은 정말로 다루기 힘든 타입이었다. 친해졌다고 생각하면 어느새 사이가 멀어지곤 했다.

'생각해 보면 사이먼만큼 나와 임무를 많이 수행한 사람도 없군.'

아이러니하게도 이한은 사이먼과 모든 임무를 함께 수행했다. 신의주 차원 균열, 순수파의 습격, 티라나 차원 균열. 사이먼은 든든한 분대원이었다. 사이먼이 임무를 망친 적은 지금까지 한 번도 없었다. 묵묵히 이한의 뒤를 받쳐 줬다. 바하무트와의 전투에서도 유일하게 보조해 준 사람이 사이먼이다.

지금 이한이 스스로 분대원을 뽑게 된다면 당연히 사이먼을 고려할 터다. 사이먼과는 말없이도 손발이 딱딱 맞아떨어졌다.

'생각해 보면 처음부터 사이먼은 심란해 보였는데……. 괜

히 내가 기름을 부은 격인가.'

이한은 머리를 긁적였다.

이한은 크누트에게 시설을 안내했다. 사일런스가 자신에게 해줬던 일을 반복했다. 마지막으로는 사이코 프레임 훈련실이었다. 오늘은 사이코 프레임 훈련이 없는지 조용했다. 엔지니어 몇 명이 사이코 프레임을 점검하고 있었다.

"마침 잘 왔다. 이한, 상태는 좀 어때?"

제3팀 엔지니어 치프, 옥토가 말했다. 그는 풍선껌을 질겅질겅 씹었다.

"오늘은 제 볼일로 온 게 아니에요. 이쪽은 크누트 마이어입니다."

"뭐, 그래? 신입이라면 4팀 쪽으로 가 봐. 건너편 정비실에 있을 거야. 어제부터 신입 때문에 올드맨 재조정하던 것 같더라."

옥토는 흥미가 없다는 듯이 말했다. 이한은 크누트와 걸어가려다가 옥토에게 붙잡혔다. 기름기가 번들번들한 손이었다.

"……오늘은 사이코 프레임 착용하려고 온 게 아닌데요."

이한이 물끄러미 옥토를 바라보며 말했다. 옥토가 음침하게 웃었다.

"후후, 넌 따라와. 볼일이 있다."

옥토는 이한의 사정 따윈 상관없다는 듯이 말했다. 크누트
는 괜찮다며 먼저 자리를 떴다.

이한은 옥토의 막무가내 행동에 살짝 기분이 나빴지만 순
순히 고개를 끄덕였다. 옥토는 껌으로 풍선을 불면서 콧노래
를 불렀다. 그는 사이코 프레임 훈련실을 지나서 제3팀 개발
실로 들어갔다. 제3팀원들이 바삐 움직이고 있었다.

"어? 뭐야, 이한이잖아."

용접기를 들고 있는 기술자가 말했다. 그는 이한과 옥토를
번갈아 쳐다봤다.

"치프, 이한은 내일 호출한다고 하지 않았나요?"

"잠깐 부품 가지러 간 길에 만났어. 내일이나 오늘이나 빠
르면 빠를수록 좋지."

"어차피 보기만 할 건데, 뭘."

기술자가 투덜거리듯 말했다. 옥토는 기분 좋게 웃었다.

"다리에 서스펜션은 새로 달았냐? 스미스 영감이 달아놓
은 건 너무 무거워. 그래서야 뛸 수나 있겠어? 그 양반은 사
이코 프레임이 무슨 전차인 줄 안다니까."

"가서 확인해 보세요. 지금쯤 접합이 끝났을걸요."

옥토는 개발실 안쪽으로 더 들어갔다. 중장비와 공구가 투

닥투닥하는 소리가 들렸다. 벽에는 이한이 난생 처음 보는 도구들로 가득했다.

"튀엣! 환영한다, 이한. 여기가 진짜 우리 작업실이다. 헤파이스토스의 작업실도 이것보단 못했을걸!"

옥토가 단물 빠진 풍선껌을 뱉으며 말했다. 그는 주머니에서 새로운 풍선껌을 2개나 꺼내서 입안에 넣었다.

'기름때가 묻은 손으로 풍선껌을 잘도…….'

이한은 옥토를 보며 생각했다. 옥토의 말은 그에게 별다른 감흥을 주지 못했다. 기술자들의 세계는 이한의 감성으로는 전혀 이해가 안 됐다.

위이잉.

덮개가 열렸다. 이한의 눈동자가 커졌다. 작업실 중앙에는 사이코 프레임이 꼭두각시 인형처럼 걸려 있었다. 엔지니어들이 바쁘게 그 사이를 움직였다.

'올드맨이 아니야.'

연습용 사이코 프레임이 아니었다. 외장부터가 흠집 하나 없었다. 주위에는 보기만 해도 어질어질한 첨단 장비들이 움직였다.

"사이코 프레임?"

이한이 중얼거렸다. 옥토가 코밑을 쓱쓱 문지르며 자랑스레 말했다.

"제2세대 사이코 프레임이다. 아직 세상에서 하나뿐인 시범작이지. 앞으로 생산될 모든 사이코 프레임은 이놈을 바탕으로 만들어질 거야."

옥토는 제1팀이 보유한 프로토 타입을 빼앗아 왔다. 참모장의 허가를 받은 합법적인 절차였다.

'영감이 인공 골격을 설계하는 능력은 여전히 현역이란 말이지. 밸런스가 기가 막히는군.'

옥토는 프로토 타입을 보며 감탄했었다. 제1세대와 비교가 되지 않을 정도로 아름다웠다. 예술품이라고 해도 과언이 아니었다. 수많은 시행착오 끝에 찾아냈을 완벽한 황금 비율이 그 안에 있었다. 인공 골격의 각 부위에 적절한 드래곤 소재를 대입하는 작업은 이론이 무의미하다. 무한에 가까운 경우의 수를 일일이 대입해야 한다. 오로지 인내심과 반복 작업이 유일한 방법이다. 그 작업은 영리한 기술자가 아닌 우직한 기술자만이 해낼 수 있다.

"2세대……."

이한의 손바닥은 축축했다. 인류의 미래는 여기에 있었다. 이한은 똑똑히 느꼈다. 아무리 잘난 사이커라도 맨몸으로 드래곤을 잡지 못한다. 사이코 프레임만이 드래곤과 동등한 위치에 설 수 있다. 이한이 가지고 싶었던 힘이다.

"운이 좋게도 우리 팀이 이걸 맡게 됐지. 왜냐고 물어봐라, 한."

옥토가 멜빵끈을 튕기며 말했다. 이한은 고개를 갸웃했다.

"왜입니까?"

옥토는 알렉산더 참모장에 받은 허가증을 꺼내 들었다. 거기에는 이한의 사진이 붙어 있었다. 이한의 눈동자가 크게 흔들렸다.

"이제부터 네가 이 사이코 프레임의 착용자다."

이한의 눈동자가 옥토와 사이코 프레임을 번갈아 바라봤다. 이한은 3학년 중에 가장 사이킥 능력이 저조하다. 그런 그가 프로토 타입을 착용하리라곤 아무도 생각하지 않았을 것이다. 이한 스스로도 믿기지 않았다.

"어째서 제가?"

"내 멋진 말발 덕분이 아닐까?"

이한은 옥토의 농담에 옅게 웃었다. 아크는 언제나 최선의 선택을 한다. 이한이 프로토 타입을 사용하게 됐다는 건, 분명 그에 걸맞은 합리적인 이유가 있기 때문이다. 이한은 그런 내막 따위 아무래도 좋았다.

"말발이든 뭐든 상관없어요. 언제부터 가능한 거죠?"

"꽤 오래 걸려. 개수 작업을 해야 돼. 프로토 타입은 전투용으로 제작된 게 아니니까. 열심히 뜯어고치는 중이지. 지금부터 여길 자주 들러야 될 거야. 네 취향과 내 취향이 합쳐진 걸작을 만들 테니까!"

이한은 2세대 사이코 프레임을 바라봤다. 부분 장갑으로 하나씩 착용하던 올드맨과 달리 일체형이었다. 착용자가 안에 들어가면 2겹으로 된 외장이 감싸는 구조다. 1세대의 투박한 구조와는 사뭇 달랐다.

접합부의 작은 이음쇠들이 갑각류 다리처럼 움직이고 꿈틀거렸다. 마치 살아 있는 갑옷 같았다. 좋게 말해서는 미래 공학적이고, 나쁘게 말해서는 그로테스크했다.

이한은 옥토에게서 이런저런 말을 들었다. 사이코 프레임의 개수 방향성에 대한 이야기였다.

'대충 이해는 했어. 프로토 타입은 드래곤 소재 비율이 높아서 사이킥 에너지에 민감하다. 1세대가 사용하면 사이킥 에너지가 부족해서 금방 사이킥 고갈 상태가 되고, 2세대가 쓰기에는 컨트롤이 애매한 거지.'

이한은 옥토의 말을 들으면서 생각했다. 옥토의 복잡한 말들을 추리자면 이런 의미인 듯했다.

"때론 모자란 것이 과한 것보다 나은 법이지. 스미스 영감이 욕심을 좀 많이 부렸어. 장인 정신이 지나치다 보면 사용자가 아니라, 스스로의 만족을 위한 물건을 만들기도 하는 거지."

옥토가 혼잣말을 하듯이 이한에게 말했다. 이한은 옥토에게서 한 발자국 멀어지며 눈을 흘겼다. 옥토는 어딘가 나사가 빠진 듯했다. 언제나 무언가를 입에 우물거리지 않고서는 못 견디는 듯하다.

'실력 하나는 확실한 듯하지만……'

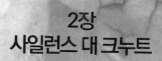

2장
사일런스 대 크누트

사일런스는 면벽 수행을 마쳤다. 그는 오랜만에 단백질 음료가 아니라 제대로 된 식사를 했다. 아침에 일어나 가장 먼저 식당으로 들어가서 닥치는 대로 음식을 접시에 쌓았다. 평소에도 날렵한 몸에 비해 많이 먹는 축이었지만, 이번에는 위장의 한계를 시험할 기세였다.

쾅!

사일런스가 식판을 식탁에 내려놓고 마스크 아랫부분을 열었다. 그는 음식을 우걱우걱 먹어 치웠다. 그동안의 참아 온 식욕을 보상하듯 음식이 끝없이 입안으로 들어갔다.

"시작됐군, 폭식."

뒤늦게 도착한 군인들이 말했다. 사일런스의 기벽은 군인들도 잘 알고 있다. 원래 나이를 생각해 보면 그런 괴벽 하나 둘쯤 있어도 이상하지 않다. 사일런스는 자책할 일이 생기면 틀어박혀 있다가 폭식을 한다. 사일런스만의 멘탈 케어 방법이었다.

"뭐야, 이제 밖으로 나온 거야?"

이한이 말했다. 그는 간단한 음식만 담긴 정갈한 식판을 들고 왔다. 지저분한 사일런스의 식판과는 대조적이었다. 이한의 뒤에는 크누트가 서 있었다.

-반성은 끝났어. 뒤에는 누구?

사일런스가 크누트를 가리키며 말했다.

"크누트 마이어. 얼굴을 마주친 적은 있을 텐데."

크누트와 사일런스는 모의전장에서 부딪친 적이 있다. 그 외에는 접점이 없었다.

"반가워. 날 기억할지는 모르겠지만."

-이제부터 기억하도록 하지.

사일런스는 크누트와 악수를 했다. 크누트도 음식을 왕창 가져와서 우걱우걱 먹었다. 크누트는 배부르게 식사를 하면서도 사일런스를 힐끗힐끗 쳐다봤다. 단조로운 대화 몇 마디가 오갔다.

'사일런스에게 나쁜 감정이라도 있는 건가? 크누트가 저번에 호되게 당했지만……. 어디까지나 경합일 뿐이지 그걸 가지고 앙심을 품을 성격은 아닌데.'

사일런스를 쳐다보는 크누트의 눈빛이 심상치 않았다. 크누트의 시선을 눈치챈 사일런스가 고개를 들었다.

-할 말이라도 있어?

사일런스의 말에 크누트가 턱을 긁적였다.
"아니, 아무것도. 그냥 가면이 멋있다고 생각했어."

-기술 팀에게 주문 제작해서 만든 거야. 어지간한 건 죄다 만들어줘. 물론 디자인은 내가 했지.

옆에서 지켜보던 이한이 움찔했다.
'해골 디자인……. 저게 멋있다고 생각했겠지.'

확실히 처음 볼 때는 위압감이 있었다. 사신이 다가오는 기분이었다. 익숙해진 지금은 그저 재미난 소품 정도다.

식사를 마친 사일런스가 먼저 일어섰다. 밀린 훈련을 한꺼번에 해치울 생각인 듯했다. 의욕이 잔뜩 솟았는지 발걸음이 힘찼다. 이한은 멀어지는 사일런스를 보며 피식 웃었다.

"생각보다 덜 까칠한걸."

크누트가 말했다.

"생각보다 나쁜 녀석은 아니야. 그리고 생각보다 훨씬 강해."

이한은 사일런스를 모의전장에서 이긴 적이 있다. 순수한 실력만으로는 불가능한 일이었다. 적당한 운과 사일런스의 방심, 이한의 집념이 뒤섞여 이루어 낸 결과다.

"그나저나 사일런스의 얼굴을 본 적이 있어?"

"아니, 보여주지 않는 사정이 있겠지."

"그래?"

크누트가 기분 나쁘게 웃었다. 그는 눈동자를 반짝였다. 이한은 불길한 예감이 들었다.

"하지 않는 게 좋을 거야, 크누트."

"내가 뭘 할지 알고?"

크누트가 능글맞게 웃었다. 이한은 한숨을 쉬었다.

"지금 하려는 거 말이지."

이한은 만류해도 소용이 없다는 걸 알았다. 크누트는 먼저 앞으로 걸어가며 한쪽 눈을 찡긋했다.

"나는 너와 달라서 궁금한 건 참을 수가 없단 말이지."

크누트의 사일런스 공략이 시작됐다.

KILL
THE
DRAGON

크누트는 뚝심이 강하다. 자기 의사 표현도 똑 부러진다.
무엇보다 진취적이라 도전을 두려워하지 않는다. 아크에서
는 그런 표현으로 크누트의 성격을 표현했다. 노르웨이 어촌
에서 북해를 보고 자란 소년은 보이지 않는 미지를 멀리서
두려워하기보다는 직접 다가가 파헤친다.

'사일런스.'

크누트도 사일런스의 소문을 잘 안다. 3학년 중에서도 이
름 높은 엘리트다. 처음 마주했을 때는 속수무책으로 당했다.

"흐음."

크누트는 사일런스를 따라 체력 단련장으로 들어갔다. 멀
리 떨어져서 기구들로 운동을 했다.

'민첩성을 위해서인가? 중량 운동은 거의 없군.'

사일런스는 가벼운 기구로 운동을 했다. 트레이닝복이 펄
럭였다. 신비주의로 무장한 사일런스는 속살조차 거의 내비
치지 않았다.

'듣기론 머리 부상을 입어서 가면을 쓰고 있다고 하지
만……. 뭐, 정말 상처라면 사과하면 되겠지.'

크누트는 눈동자를 반짝이며 아령을 내려놓았다. 그는 휘파람을 유유히 불면서 사일런스의 뒤로 슬쩍 접근했다.

'스쳐 가듯 조심스레 손을 뻗어…….'

크누트가 팔을 휘둘렀다. 사일런스가 고개를 살짝 숙였다. 크누트가 눈을 크게 떴다.

탓!

사일런스가 뒤로 돌더니 크누트의 배를 걷어찼다. 크누트가 비틀거렸다. 재빨리 거리를 벌린 사일런스가 검지를 좌우로 흔들었다.

"제길."

크누트가 배를 감싸며 일어섰다. 사일런스는 말없이도 크누트를 조롱했다. 엄지를 아래로 세우며 흔들었다. 지금까지 사일런스의 가면을 벗기려는 시도는 무수히 많았다. 많은 3학년이 사일런스의 얼굴을 궁금해했다. 하지만 그들은 모두 실패했고, 사일런스는 신비주의를 지켰다.

-어디에서나 방심하지 않는 것. 이것이 닌…… 아니, 군인의 자세.

사일런스가 호탕하게 글자를 휘갈겼다.

"웃기고 있네. 두고 봐!"

크누트는 웃으면서 다음을 기약했다. 사일런스는 가면을 쓰고 있어서 눈동자의 방향이 보이지 않았다. 의외로 그건 까다로운 상황이었다. 상대가 어딜 보고 있는지 정확히 모르니까 다가가기가 힘들었다. 크누트는 사일런스와 마주칠 때면 세밀하게 상대를 관찰했다.

"아직도 하고 있어?"

이한은 모퉁이 벽에 숨어 있는 크누트를 보며 말했다.

"사일런스는 사이킥 훈련실에서 매일 1시간씩 훈련하고 돌아가지. 10분 뒤면 사일런스가 여길 지나갈 거야. 아무리 그 녀석이라도 모퉁이에서 덮칠 줄 모르겠지."

"그래, 힘내라."

이한은 크누트의 집념을 알 듯 모를 듯했다. 그는 크누트의 어깨를 툭툭 치며 지나갔다.

'곧 온다.'

크누트는 숨을 죽이고 기습할 준비를 했다. 10분이 지나도 사일런스가 보이지 않았다. 다른 군인들만 간간히 지나갈 뿐이었다. 크누트는 문득 등 뒤가 오싹했다. 천천히 고개를 틀었다. 해골 가면을 쓴 사일런스가 서 있었다.

퍽!

사일런스가 팔짱을 끼고는 크누트를 걷어찼다. 벽에 처박힌 크누트가 인상을 찌푸렸다.

"어떻게 알았지?"

-너 바보냐? 30분 넘게 잠복해 있으면, 다른 사람들이 보고 일러주지. 웬 머저리가 모퉁이에 숨어 있다는 소리를 듣고 대번 넌 줄 알았어.

사일런스가 전자 노트를 끼적였다. 제법 친절한 설명이었다.

"제길!"

크누트는 사일런스에게만 신경 쓰느라, 거기까지 생각하지 못했다. 크누트에게는 지나가는 사람들이 전부 낯선 자이지만, 사일런스에게는 안면이 있는 사람들이다. 당연히 수군수군 떠드는 소리가 사일런스의 귀에 쉽게 들어간다.

"이렇게 된 이상, 정면으로 가면을 벗겨주지. 덤벼! 이 음침한 자식아!"

크누트가 자신 있게 외쳤다. 사일런스가 어깨를 으쓱하며 움직였다. 현란한 몸놀림으로 크누트의 공격을 피하면서 차분하게 카운터를 먹였다. 크누트의 머리가 몇 번이고 흔들렸다. 그의 코에서 피가 흘러나왔다. 크누트도 나름 근접전에 자신이 있는 편이었지만, 사일런스 앞에서는 애송이나 다름없었다.

"카악."

크누트가 땅바닥에 피가 섞인 침을 뱉었다. 그의 동공에서 초록 안광이 희미하게 나왔다. 힐링 팩터가 자잘한 상처와 부상을 치료했다.

'힐링 팩터? 참 성가신 특질을 가지고 있네.'

사일런스는 턱을 긁적였다. 재생 능력자는 어지간한 충격으로는 떼기 힘들다.

"좋아, 좋아. 계속 덤벼! 근성 빼면 시체인 몸이시다."

크누트가 호기롭게 외쳤다.

사일런스는 작게 한숨을 쉬었다. 그의 몸이 반짝였다.

위- 잉!

사일런스가 블링크를 사용하며 건물 옥상으로 올라갔다. 그는 옥상에서 전자 노트를 꺼내 글자를 적었다.

-무사는 도전을 피하지 않는다지만……. 힐링 팩터를 가지고 그렇게 들러붙는 건 반칙이야.

사일런스가 휙 하고 사라졌다. 크누트는 인상을 찌푸렸다. 이제는 가면 속의 얼굴이 궁금하지 않았다. 얼굴 따위야 아무래도 좋았다.

'남자의 오기다.'

크누트가 사일런스의 가면을 노리고 있다는 소문은 파다하게 퍼졌다. 삼 일이나 집요하게 사일런스를 따라다니며 기습을 했다. 다들 유쾌한 해프닝으로 여겼다. 애초에 사일런스가 크누트에게 잡힐 거라고 생각하는 사람은 아무도 없었다. 사일런스는 아크에서도 알아주는 최정예 전투 대원이다.

"아아아! 젠장!"

크누트가 부러진 다리를 맞추면서 외쳤다. 무리하게 사일런스를 쫓아가다가 창문에서 미끄러졌다. 6층 높이에서 떨어져서 다리가 부러졌다.

우우웅!

크누트는 힐링 팩터를 사용했다. 부러진 뼈가 금방 붙었다. 전장에서 이보다 무시무시한 능력은 없다. 사이킥 에너지만 있으면 불사에 가까운 존재가 된다.

-바보.

사일런스가 놀리듯 전자 노트 앞면을 크누트 방향으로 내밀었다. 열이 받은 크누트가 쫓아가려 했지만, 사일런스는 유유히 사라졌다.

'사일런스도 은근히 즐기는 건가.'

단백질 음료를 마시던 이한이 생각했다. 이한은 삼 일간의 추격전을 가장 가까이서 본 사람이다.

'정말로 귀찮다면 그냥 크누트를 무시하면 될 텐데, 꼭 끝까지 약을 올리고 사라진단 말이지.'

오늘도 실패한 크누트는 군인들에게 놀림을 받았다. 몇몇 군인은 돈내기를 했는지 꼬깃꼬깃한 지폐를 서로 교환했다.

"젠장, 혼자서는 무리야. 블링크로 도망만 다닌다고."

크누트도 발이 무척 빠른 편이었지만, 블링크로 도망가는 사일런스를 쫓아가는 건 불가능하다. 크누트는 나름 궁리를 해봤지만 사일런스를 잡을 방법은 보이지 않았다. 포기해야 한다는 생각마저 들었다.

저벅, 저벅.

숙소로 걸어가는 크누트의 주위로 3학년들이 다가왔다. 총 3명이었다. 그들은 크누트를 보며 고개를 까닥였다.

"따라와, 신입."

크누트는 약간 경계했다. 3학년들은 인적이 드문 곳으로 들어가더니, 그제야 표정을 풀고 웃었다.

"아직도 이런 용감한 동료가 남아 있을 줄이야! 감격했다."

3학년이 크누트의 어깨에 손을 올리며 말했다. 경계하던 크누트가 얼이 빠진 얼굴로 그를 쳐다봤다.

"어?"

"우리는 지난 며칠간 너를 관찰했지. 네가 진심으로 사일런스를 쫓는지, 아니면 단순한 치기인지 알아보기 위해서! 그리고 오늘 확신했다. 넌 우리의 동료가 될 자격이 충분해."

"무슨 소리야?"

3학년들은 한 명씩 자신을 소개했다. 다들 사일런스의 가면을 벗기려고 시도했던 자들이었다. 그들은 집요하게 사일런스의 가면을 벗기려고 했지만 번번이 실패했다.

"엄밀히 따지면, 우리도 아크 내부의 비밀 조직인 셈이지. S.M.O(Silence Mask Opener) 줄여서 '스모'라고 부른다. 오로지 사일런스의 맨 얼굴을 보기 위한 목적만으로 뭉쳤어."

크누트가 눈을 크게 떴다.

"굉장히 수상한 조직이잖아……!"

"당연히 수상하지! 우린 비밀 조직이니까! 너도 느꼈겠지? 크누트 마이어! 사일런스를 혼자서 쫓는 건 불가능하다. 너까지 합치면 우리는 4명이야! 아크의 작전 최소 단위는?"

"4명이지."

"그래! 우리는 4명 이상 단위로 움직일 때 진짜 강해지는 거다. 이제 우리 스모도 4명을 채우는 거지!"

뭔가 장황하지만 그들의 투박한 말과 행동이 크누트의 마음을 움직였다. 사일런스의 얼굴을 보고자 하는 일념이 느껴졌다. 크누트는 눈을 질끈 감았다가 뜨면서 고개를 끄덕였다.

"좋아. 스모인지 뭔지에 가입해 주지. 사일런스를 잡을 수는 있는 거지?"

"4명이라면 가능할지도 모르지. 이건 회원 배지다."

스모 회장은 병뚜껑으로 만든 조잡한 배지를 꺼내 들었다. 배지 겉면에는 작은 글씨로 S.M.O라고 적혀 있다.

"좀 잘 만들지 그랬어. 이거 쓰레기 같잖아."

배지를 이리저리 살펴본 크누트가 실망한 듯이 말했다.

"얼핏 보면 잡동사니처럼 보이지? 그걸 노린 거다. 우리 스모가 아직까지 비밀을 유지할 수 있는 이유 중 하나지. 크누트, 그 누구에게도 말해선 안 돼."

"알았어."

스모 회장은 신신당부를 했다. 크누트가 고개를 끄덕였다.

"적절한 시기에 조만간 내가 먼저 연락을 취할 거야. 그때까진 사일런스의 동태만 살펴."

바야흐로, 아크가 거대한 음모의 소용돌이에 휘말리는 순간이었다.

3장
S.M.O

크누트는 식당에서 스모 회원들과 마주쳤다. 눈짓으로 서로 인사를 교환했다. 크누트는 평소처럼 앉아서 식사를 했다. 화장실을 갔다 온 이한이 손을 닦으며 마주 앉았다.

"사일런스의 가면은 포기한 거야?"

이한이 시리얼에 우유를 부으며 말했다. 크누트는 빵조각을 찢으며 웃었다.

"그렇게 됐어. 언제까지 그 녀석 뒤만 쫓을 수도 없고."

크누트가 시선을 살짝 피하며 말했다. 이한의 눈동자가 날카로워졌다.

'정말일까? 크누트가 이렇게 순순히 포기할 성격은 아닐 텐데. 하지만 확실히 지난 며칠은 잠잠했고, 크누트 말대로

사일런스에게 언제까지 집착할 수도 없지.'

이한은 크누트의 말을 온전히 믿진 않았지만 일단 고개는 끄덕였다. 이한도 크누트에게 크게 신경 쓸 여유가 없었다. 옥토와 함께 사이코 프레임을 조율하는 것만으로도 하루가 부족했다. 옥토는 세심하게 이한의 운동 능력을 데이터화했다.

"그런데 말이지. 넌 사일런스를 이긴 적이 있잖아. 어떻게 이긴 거야?"

크누트는 예전에 있었던 일을 꺼냈다. 이한은 사일런스와 일대일로 맞붙어 제압한 적이 있다.

"운이 좋았던 거지. 사일런스의 주의가 분산된 상태였고. 녀석도 가벼운 마음으로 끼어든 거였을 거야."

이한은 솔직하게 말했다. 지금 다시 똑같은 상황이라면 이기지 못할 터다. 사일런스는 이제 이한을 우습게 보지 않는다. 전력을 다해 이한을 몰아칠 것이다.

"그런가? 방심을 통한 승리로군."

"강하게 보이는 것이 언제나 좋은 건 아니지."

크누트는 이한의 말을 들으며 빵을 곱씹었다. 그는 이한보다 천천히 식사를 마쳤다. 볼일이 있는 이한은 먼저 자리를 떴다.

부스럭.

스모 회원이 크누트 곁을 스쳐 갔다. 그는 크누트에게 쪽지 하나를 떨궜다. 크누트는 주위를 살피다가 화장실로 들어가서 쪽지를 읽었다.

-13시 20분, 제7연병장.

크누트는 쪽지를 변기에 넣고 물을 내렸다. 칸막이 밖으로 나간 크누트는 움찔했다.

"사, 사일런스."

세면대에서 사일런스가 손을 씻고 있었다. 사일런스는 물끄러미 크누트를 쳐다봤다.

-무슨 문제라도?

"아무것도 아니야. 그 해골 가면 때문에 놀랐잖아."

-익숙해져 봐. :D

사일런스는 유유히 걸어서 화장실 밖으로 나갔다. 크누트는 불안한 생각이 들었다.

'봤을 리가 없어. 기밀 유지는 완벽해. 그저 우연이야.'

크누트는 식은땀을 흘리며 생각했다. 제아무리 사일런스라도 투시 능력이 있을 리가 없다.

크누트는 정해진 시간까지 일상 훈련을 했다. 오전 훈련을 끝내고 점심 식사도 끝마쳤다. 그동안 사일런스와는 별다른 접점이 없었다. 식당을 나가기 전에 스모 회원이 또다시 쪽지를 건넸다. 내용은 작전 개요였다.

-오늘 사일런스는 블링크 한계점 훈련을 함. 훈련이 끝나고 포위해서 급습.

사일런스는 넓은 연병장에서 블링크 연습 중이었다. 좁은 공간에서 블링크를 수련하는 건 무리다. 그는 중간중간 설치된 장애물들을 바라봤다.

'더 빠르게, 더 멀리.'

사일런스는 집중했다. 그의 몸이 흐릿해졌다. 연속해서 블링크를 사용하며 전진했다. 컴퓨터 그래픽처럼 연병장을 가로질렀다.

위잉!

사일런스가 공중으로 치솟았다. 30여 미터를 올라간 사일런스는 지면으로 자유낙하 했다. 땅에 닿기 직전에 사일런스가 매트리스 방향으로 블링크를 사용했다. 매트리스에 떨어진 사일런스가 대자로 뻗었다.

블링크를 사용해도 가속은 멈추지 않는다. 달려가거나 낙하 중이라면, 블링크를 한 뒤에 운동에너지까지 같이 몰려온다.

"후우."

사일런스는 숨을 내뱉었다. 그는 연병장 구석에 설치한 카메라를 꺼내 들었다. 자신의 훈련 장면을 찍었다. 이걸 통해 자신의 블링크 능력을 객관적으로 파악할 수 있다.

'1미터 정도 더 비거리가 늘어난 건가.'

사일런스는 스포츠 음료를 마시면서 영상을 확인했다. 미미하지만 전반적으로 블링크를 사용하는 속도가 빨라지고 비거리는 늘어났다.

숨을 돌린 사일런스는 사이킥 에너지가 바닥날 때까지 훈련을 했다. 멀리서 그 광경을 지켜보는 무리가 있었다. 스모회원들과 크누트였다.

"슬슬 한계일 거다. 블링크로 멀리 도망가진 못할 거야."

크누트는 그 말을 들으며 고개를 끄덕였다. 얼핏 봐도 사일런스는 지쳐 보였다. 크누트는 문득 '정말로 이래도 괜찮은가?'라는 의문이 들었다.

"이거 좀 얍삽한 짓이 아닐까……."

크누트가 말하자, 스모 회원들이 고개를 저었다.

"너 정말 사일런스에 대해 몰라도 너무 모르는군."

크누트는 곧 그 의미를 알게 됐다. 그와 스모 회원들은 훈련이 끝나고 돌아가려는 사일런스를 덮쳤다. 사일런스는 날렵한 몸놀림으로 뒤로 빠졌다. 블링크가 없더라도 사일런스의 기동력은 엄청났다.

"뭐가 저렇게 빨라."

크누트도 발이 빠른 편이다. 하지만 사일런스는 그보다도 더 빨랐다. 구석진 곳으로 도망가던 사일런스가 뭔가를 주섬주섬 꺼냈다.

휘익!

군인들이 야구할 때 쓰던 방망이였다. 그걸 본 스모 회원들의 얼굴이 딱딱하게 굳었다.

위— 잉!

사일런스가 소년들 사이로 끼어들었다. 아껴둔 마지막 블링크를 돌격용으로 사용했다. 그가 소년들의 뒤에 서서 방망이를 크게 휘둘렀다. 소년들은 방망이에 얻어맞으며 넘어졌다. 순식간에 세 명이 나가떨어졌다.

'이 자식들 약하잖아!'

크누트는 나가떨어지는 스모 회원들을 보며 생각했다. 스모 회원들 중에서는 크누트만큼 몸놀림이 좋은 녀석조차 없었다. 아마도 그들은 체술이나 근접전은 떨어지는 대신에 다른 부분이 뛰어나서 3학년에 올라온 듯했다.

"윽! 뒤를 부탁한다, 동지! 갈비뼈가…… 쿨럭."

스모 회장이 크누트에게 말하며 옆구리를 움켜잡았다.

빙글빙글!

사일런스가 야구방망이를 여유롭게 돌렸다. 크누트는 크게 한숨을 쉬었다.

"제기랄, 덤벼!"

10초 뒤, 크누트는 두 다리가 부러지는 체험을 했다. 그도 다른 스모 회원들과 함께 바닥에 벌러덩 누웠다. 총총 걸음으로 사라지는 사일런스를 멍하니 볼 수밖에 없었다.

"너희들 너무 약하잖아!"

크누트가 짜증을 내며 말했다.

"어쩔 수 없어. 내 특기는 발화 능력인데 그걸 사일런스에게 쓸 순 없잖아."

"그리고 우리가 너무 약한 게 아니라. 사일런스가 정말 센 거라고. 거기서 방망이를 들고 우리의 가운데를 파고들 줄 누가 알았겠어?"

사일런스는 근접전 전문가다. 다른 3학년들과 경험과 실력에서 큰 차이가 있다. 크누트는 크게 한숨을 쉬었다.

'이런 오합지졸로는 무리야. 지휘를 맡을 머리가 필요해. 머리가.'

각자의 능력을 백분 발휘하게 도와줄 리더가 필요했다. 크누트의 머릿속에는 단 한 사람밖에 떠오르지 않았다.

'이한.'

이한이 스모를 도와준다면 사일런스를 잡을 수 있을지도 모른다. 크누트는 부러진 다리를 힐링 팩터로 치료하곤 일어섰다.

"날 따라와 봐."

크누트가 다른 회원들에게 말했다. 회원들이 어리둥절한 얼굴로 크누트를 쳐다봤다.

KILL
THE
DRAGON

"친구, 도움이 필요해."

크누트가 이한의 방에 쳐들어오며 말했다. 이한은 어리둥절한 표정으로 크누트를 바라봤다. 그 뒤에는 안면만 있는 3학년들이 서 있었다. 다들 얼굴이 엉망진창이었다. 동네 골목대장에게서 맞고 온 듯한 모습이었다. 이한은 읽고 있던 책을 덮었다.

"또 무슨 짓을 저지른 거야?"

이한은 미간을 꾹꾹 누르며 말했다. 크누트는 머뭇거리다가 입을 열었다.

"S.M.O(Silence Mask Opener)라는 조직에 가입했어."

이한은 멀뚱하게 서 있다가 눈을 살짝 감았다.

"하아. 그래. 요새 뭘 하나 싶었는데 아직도 미련을 못 버렸구나."

"4명이라면 할 수 있을 줄 알았지."

크누트가 조직 이름을 밝히자, 뒤에 있던 스모 회원이 움찔하며 외쳤다.

"우리 조직을 알게 된 이상, 너도 함께해야 한다!"

이한의 미간이 꿈틀거렸다.

"너희들, 시끄러. 안 그래도 괜히 이상한 일을 들고 와서 짜증 나니까."

냉소적인 이한의 말에 다른 3학년이 움찔했다. 경험은 다른 3학년들이 더 많지만 이한은 이미 분대장을 맡은 적이 있으며, 정신연령도 또래보다 훨씬 높다.

"다들 조용히 해. 이한이 도와주면 일이 쉬워질 수도 있으니까."

크누트가 스모 회원들에게 말했다. 스모 회원들도 이한의 이름을 잘 안다. 고속 진급으로 분대장을 맡았으며, 티라나 차원 균열에서 활약을 펼쳤던…… 소위 떠오르는 신성이다.

이한은 잠시 턱을 괴며 머리를 굴렸다. 지금까지의 정보를 종합했다.

"그러니까 쉽게 설명하자면, 크누트는 사일런스의 마스크를 벗기기 위한 조직에 몸을 담았다는 거지? 그리고 4명이서 사일런스에게 덤볐다가 대판 깨지고…… 이제 나에게 도움을 청한다는 것?"

"스모에 가입해라! 외부인의 도움은 필요 없어."

스모 회원 중 하나가 벌떡 일어나며 말했다. 이한은 심드렁하게 손을 휘저었다.

"그렇게 생각하면 당장 내 방에서 나가, 이것들아. 내가 뭐가 아쉬워서 너희들을 도와줘?"

크누트가 따가운 눈초리로 스모 회원을 쳐다봤다. 크누트는 이한을 구슬리듯 말했다.

"사실 너도 궁금하지 않아? 그 안에 얼굴 말이야."

이한도 조금 궁금하긴 했다.

'항상 중요한 것처럼 얼굴을 가리지만……. 사실 별거 아닐 수도 있지. 레드 중사의 말대로 정말 단순히 겉멋일지도…….'

이한은 살짝 흔들렸다. 하지만 사일런스와 지킬 의리가 있었다. 이한은 남이 싫어하는 행동은 어지간해선 하지 않는다.

"그래도 나는 별로 내키지 않아."

이한은 단호하게 말했다. 크누트는 결심했다는 듯이 벌떡 일어섰다.

"나는~ 네가 필요할 때~ 13분대에~ 들어갔는데~ 뭐, 그

때 빚을 딱히 갚으라는 소리는 아니고. 그랬던 적이 있었다는 거지. 하지만 내가 아니었으면 분대 창설을~ 어떻게 했을까~ 뭐. 너야 워낙 유능하니까~ 어떻게든 했겠지~"

크누트가 노래를 부르듯이 흥얼거렸다. 이한은 식은땀을 살짝 흘렸다. 당시 크누트는 호세와 쿠로와는 전혀 다른 입장이었다. 호세와 쿠로는 이한과 친밀한 사이였지만, 크누트와 이한은 안면만 있는 사이었다. 크누트는 흥미와 호기심만으로 이한의 13분대에 들어왔다.

'이한은 책임감이 강하다. 이런 말을 하면 부탁을 안 들어 줄 수가 없겠지?'

크누트는 연기하듯 그때 상황을 중얼거렸다. 이한의 가슴을 쿡쿡 찌르는 말들이었다.

"그만, 그만! 알았으니까."

이한이 한숨을 크게 내쉬었다.

'미안, 사일런스.'

이한은 속으로 사과하며 크누트와 스모 회원들을 쳐다봤다.

"좋아, 도와줄 거지?"

크누트가 싱글벙글 웃었다. 이한은 손가락 하나를 들어 올리며 말했다.

"딱 한 번이다. 내 모든 능력을 다해서 도와주지. 그래도 못하면 포기해."

"알았어."

이한은 크누트와 소년들을 불러 모았다. 이들 중에서 분대장 적성 판정을 받은 소년은 없다. 분대장 적성은 몇 가지 조건이 필요하다. 그중 하나가 정신연령이다. 분대장 적성을 받은 소년들은 또래보다 정신연령이 상대적으로 높다. 이 자리에 이한보다 3학년이 먼저 된 소년들이 있어도 자연스레 이한이 선임자 같은 분위기가 형성됐다.

"각자 특기를 말해봐. 사일런스에 대해 알고 있는 정보들도."

이한이 말했다. 스모 회장이 망설였다.

"끄응, 우리 조직이 힘들게 알아낸 건데."

"싫으면 말고."

이한이 차갑게 말하자 스모 회장이 당황하며 손을 휘저었다.

"아니, 아니! 그, 그렇진 않아."

이한은 펜을 꺼내서 메모를 했다. 스모의 정보는 의외로 양질의 정보였다. 사일런스를 스토킹하듯 일과와 습관을 빽빽하게 적었다.

'이거 거의 스토킹 수준인데.'

아크에는 소년들을 위한 놀잇거리가 없다. 스모 회원들에게는 사일런스의 가면을 노리는 게 일종의 놀이였던 셈이다.

"오늘은 해산해. 작전은 내일 짜서 알려줄게. 다시 말하지만 딱 한 번이다. 실패해도 내가 또 도와주지 않을 거야."

다른 소년들이 고개를 끄덕이며 방을 나갔다. 혼자 남은 이한은 펜을 데굴데굴 굴렸다. 처음에는 별관심이 없었지만 막상 작업에 착수하자 오기가 솟았다.

'과연 내 능력으로 사일런스를 또 잡을 수 있을까.'

이한은 자신의 능력을 시험해 보고 싶었다. 그의 장기짝은 4개. 잡아야 할 자는 사일런스. 4 대 1이지만 지금까지 실패한 쪽은 스모다. 오롯이 이한의 능력에 다음 결과가 달렸다.

촤악!

이한이 홀로그램 패널에 손을 뻗었다. 아크의 3학년 구역 지도가 투사됐다. 이한은 눈을 크게 뜨고 세세하게 골목과 지형을 관찰했다. 그의 눈에 다양한 이동 경로가 보였다.

'사일런스라면 어떻게 이동할까…….'

이한은 자신이 블링크 능력을 가졌으면 어떻게 이동했을까 하며 상상했다. 블링크 능력을 경우의 수에 넣자마자 무수히 많은 이동 경로가 새롭게 보였다.

'이게 사일런스가 보는 길인가.'

사일런스는 이동 방법이 보통 사람들과 다르다. 다른 사람은 불가능한 이동 경로도 사일런스는 가볍게 넘어버린다. 이한은 갑자기 흥미가 잔뜩 생겼다. 사일런스의 시점으로 지도를 보니 새로운 것들이 보였다. 이한은 하나씩 체크하면서 웃었다.

'잡을 수 있을지도 모르겠군.'

다음 날, 이한은 크누트와 다른 소년들을 불러 모았다. 스모 회장이 조심스레 이한에게 말했다.

"좀 더 조용한 곳에 모여야 되는 거 아닐까?"

이한은 듣기도 싫다는 듯이 말했다.

"아무도 우리들에게 관심이 없으니까 걱정 마. 내일 바로 작전을 시작할 거야. 내일 스케줄은 비워둬."

"당장 내일?"

"그러면 언제까지 이런 시시한 일에 시간을 보내려고 했어?"

"시시한 일이 아니야! 우리한테는 중요한 일이라고."

"알았어, 알았어. 일단 내일을 위한 사전 준비가 필요해. 지금부터 임무를 할당해 줄 테니까. 내일까지 설치해야 돼."

이한이 말했다. 얌전히 듣고 있던 크누트가 반문했다.

"설치? 함정?"

"그래, 부비트랩과 장애물들이야. 기동력으로는 우리 다섯 명이 모여도 사일런스를 쫓아가기 힘들어. 기동력이 달리는 우리가 무작정 쫓아가려고 하니까 항상 주도권이 사일런스에게 넘어가는 거지. 그렇다면 우리가 해야 할 일은 사일런스를 열심히 쫓아가는 게 아니라, 움직임을 미리 제약하는 거다. 단말기로 내가 표시한 지도를 보내줄 테니까. 각자 표기된 지역에 덫을 설치해 둬. 양이 꽤 되니까 지금부터 부지런히 움직여야 할 걸."

이한은 단말기를 꾹 눌렀다. 나머지 네 명에게 지도가 전송됐다. 어젯밤에 만들어 둔 지도들이다.

"와."

다른 소년이 감탄사를 터뜨렸다. 하룻밤 사이에 준비한 지도라고 믿기지 않을 정도로 상세했다. 어떤 장애물을 설치해야 하는지조차 나와 있다. 다양한 예상 이동 경로가 붉은 선으로 보였다.

"거봐, 한에게 맡기면 된다니까."

크누트는 마치 자신이 해낸 것처럼 뿌듯해하며 말했다. 이한은 차분하게 소년들에게 계속 말했다.

"다들 경로를 숙지해. 함정과 장애물들은 사일런스의 기동력을 제한하고 발을 묶어둘 거야. 나를 제외하곤 2인 1조로 다녀. 그리고 사일런스 주변으로 20미터 이내로 먼저 접근하지 마. 20미터 이내라면 블링크 한 번만으로도 뒤가 잡힐 확률이 높아. 크누트를 제외하고 너희들 근접전 능력으로는 뒤를 잡히면 끝장이야. 만약 근접 거리에서 사일런스가 너희 시야에서 블링크로 사라지면 바로 앞으로 굴러. 운이 좋다면 공격을 피할 수 있겠지."

"오, 그러네. 너 엄청 똑똑하잖아."

이한은 다른 소년들의 능력이 이번 작전에 별 쓸모가 없다는 걸 안다. 동료에게 발화처럼 치명적인 능력을 사용할 수는 없는 법이다. 단순히 불을 지르는 것이 아니라, 사람 하나를 태워 죽일 수 있는 무시무시한 파워의 발화 능력이다. 3학년들은 실전 투입 가능한 사이커다. 당장은 바보처럼 보여도 다들 실력자들이다.

"자자, 다들 움직여."

이한은 손뼉을 치며 소년들을 재촉했다. 대부분의 함정 위치는 옥상이나 구석진 골목이다. 다른 사람들이 걸려서 해체될 위험이 적은 곳들이다. 사람이 많이 다니는 곳이지만 함정을 설치해야 하는 장소가 몇몇 있었다. 이한은 임의로 공사 중이라는 푯말을 앞에 세워 놨다.

'어쩐지 군인들이 바빠 보이는군.'

이한은 건물 옥상에서 장애물을 설치하며 생각했다. 밑에 있을 때는 몰랐는데, 옥상에 올라오니 아크의 군인들이 분주하게 움직이고 있었다.

'남들은 일하는데 우리들만 노는 기분이야.'

이한은 머쓱해졌지만 하던 일은 계속했다. 가벼운 타박상 정도로 끝날 함정들로만 설치했다. 사일런스의 반사 신경이라면 다치지도 않을 터다.

'고작 잠시 머뭇거리게 만드는 정도겠지.'

이한은 할당 구역을 해치우고는 숙소로 돌아왔다. 평소 같으면 안에 다른 군인들이 옹기종기 모여서 포커를 치고 있을 텐데 오늘은 늦게까지 다들 들어오지 않았다. 이한은 의문을 가졌지만 궁금증을 풀 만한 단서는 없었다. 이한은 평소처럼 책을 읽다가 잠들었다.

"작전을 시작한다."

이한이 통신기를 귀에 장착하며 말했다. 다른 사람들이 쓰지 않는 회선을 개통했다. 다들 통신 상태를 확인했다.

-스모-2 잘 들림.

-스모-3 이하동문.

-스모-4 완벽.

-스모-5 가자.

이한은 쾌적한 통신 상태를 확인했다. 하늘이 돕는지 오늘은 사람이 많이 없었다. 어제부터 묘하게 아크의 군인들이 줄어들었다.

'일단은 이 일부터 해결하고 나서.'

이한은 단말기 화면을 바라봤다. 지도가 평면으로 출력됐다. 이한은 스모 회원들의 위치를 확인했다.

"스모-2는 좀 더 뒤로 빠져. 거기서도 시야 확보 가능하지?"

—알았어. 이동 완료.

"좋아. 60초 후에 목표물이 나올 거야. 스모-4와 5는 밀어붙여."

스모-5는 크누트다. 유일하게 사일런스가 대치하기 싫어하는 상대다. 크누트를 멈추려면 다리라도 부러뜨려야 한다. 이한은 크누트를 사냥개로 삼아서 사일런스를 몰아갈 생각이었다.

—목표물 발견.

"좋아, 움직여. 예상 이동 경로는 A7이다. 2와 3은 각각 B2 경로로 앞서 나가. 차벽해서 목표를 C2로 몰아간다."

—알았다.

이한은 차분하게 상황을 기다렸다. 멀리서 소란이 일었다. 크누트와 사일런스가 추격전을 벌였다.

—목표가 C4로 들어갔다.

보고가 들렸다. 이한은 지도를 보면서 말했다.

"예상 범위 이내다. 같이 따라 들어가."

—젠장, 옥상으로 올라갔어.

"괜찮아. 밑으로 돌아가도 충분히 쫓을 수 있어."

아마 첫 번째 함정은 사일런스도 빨리 대응하지 못할 터다. 이한의 예상대로 사일런스는 날아오는 깡통에 머리를 맞았다. 사일런스가 두리번거리는 사이에 추격대가 따라잡았다. 사일런스도 슬슬 평소와 상황이 다르다는 걸 알았다.

'이 녀석들…… 조직적이야.'

추격대는 사일런스가 공격할 거리를 주지 않고 교묘하게 몰아붙이기만 했다. 사일런스는 지금까지와 다른 답답함을 느꼈다.

'또 함정.'

사일런스는 무릎 높이로 설치된 철선을 바라보며 높게 점프했다. 그 순간, 눈앞에 밧줄 하나가 보였다.

'이중 함정!'

사일런스는 머리를 밧줄에 부딪혀서 엉덩방아를 찧었다. 그는 가면의 매무새를 똑바로 맞춘 다음에 벌떡 일어섰다.

'설마…….'

사일런스는 딱 한 사람이 떠올랐다. 교묘한 함정 설치, 전체를 살펴보는 조직적인 움직임. 3학년의 두뇌 솜씨라고는 믿기 힘들었다. 일반 군인이라면 소년들의 장난에 참여할 리가 없다. 소년들 중에서 이런 일이 가능한 사람은…….

'이한?'

사일런스는 입술을 잘근 깨물었다. 그는 반대편 건물까지 블링크로 단번에 도약했다. 그걸 기다렸다는 듯이 착지 지점에 그물 함정이 있었다.

위잉!

사일런스는 급하게 블링크를 한 번 더 사용했다. 불안정한 자세로 땅바닥을 한 번 굴렀다.

타닥타닥!

추격대가 더 가까워졌다. 그들은 4명이서 동시에 덮칠 생각이었다. 평소처럼 사일런스가 쉽게 기습할 거리를 주지 않았다.

'교활해, 한.'

단지 지휘하는 머리만 달라졌을 뿐인데, 만만했던 소년들이 엄청난 압박으로 다가왔다.

'기분이 좋지 않아. 마치 호랑이 굴에 제 발로 걸어가는 느낌.'

사일런스는 끈적끈적한 불쾌함을 느꼈다. 모든 게 상대의 계획인 듯했다.

'이런 상황을 보고 '뛰어봤자 부처님 손바닥 안'이라고 말하는 건가.'

사일런스는 속으로 중얼거리며 잠시 멈췄다. 그가 멈추면 추격대는 거리를 더 좁히지 않았다. 4명이 모두 모일 때까지 기다리는 듯했다.

'다 쓸어버릴까.'

사일런스의 가면 속에서 눈동자가 반짝였다. 지금 거리로
는 블링크를 2번 사용해야 한다. 적의 뒤를 잡는 게 어렵다.

'까다로워. 내 행동 패턴에 따라 미리 대비해 둔 건가. 아
니면 우연히 까다로운 상황인 걸까.'

사일런스는 머리를 절레절레 흔들었다. 숙소까지만 돌아
가면 된다. 거기까지만 들어가면 소년들이 쫓아오지 않을
터다.

위– 잉.

사일런스는 블링크를 사용하며 장애물을 이리저리 피
했다. 그는 초월적인 반사 신경으로 장애물과 함정을 피
했다. 눈으로 보고 있다면 피하지 못할 것은 없다.

'이런 조잡한 함정 따위!'

사일런스는 눈에 훤히 보이는 함정을 바라봤다. 밑바닥에
그물이 보였다. 인계선에 걸리면 올라오는 구조인 듯했다.
사일런스는 허리를 뒤로 젖혔다. 그는 림보를 하듯이 인계선
아래를 미끄러지듯 빠져나갔다.

'걸리지 않았어.'

사일런스가 그렇게 생각하는 순간, 그물이 올라왔다. 사일
런스는 순식간에 그물에 둘러싸였다.

'어째서? 실수로라도 건드리지 않았는데?'

사일런스는 당황하며 눈을 흘겼다. 가장 가까운 곳으로 블링크를 시도했다. 그가 착지한 지점에는 바로 함정이 또 있었다. 마치 사일런스가 이동할 걸 안 듯했다.

팟!

대기하고 있던 강렬한 열전구가 사일런스의 얼굴을 비췄다. 사일런스는 순간적으로 시야를 잃었다. 눈을 제대로 뜨지 못했다. 이래서는 블링크를 사용하지 못한다.

"미안해, 사일런스."

이한의 목소리가 들렸다. 이한은 근처에 숨어 있다가 인계선을 염동력으로 건드렸다. 사일런스가 지나가는 타이밍에 그물이 솟았고, 조급해진 사일런스는 블링크를 눈에 닿는 곳에 사용했다.

'사일런스가 블링크를 사용할 만한 모든 방향에 열전구를 설치했지.'

아무리 이한이라도 사일런스의 세세한 행동까지 읽어낼 도리는 없다. 우직할 정도로 함정을 많이 설치했을 뿐이다. 이런 체크메이트 포인트를 세 곳이나 더 만들어 뒀다. 죄다 이한이 예측한 사일런스의 이동 경로 끝이다.

"성공이다!"

사일런스가 비틀거리는 걸 알아챈 소년들이 달려왔다. 그들은 사일런스가 정신을 차리기 전에 덮치듯 뛰었다.

'나 열 받았어.'

사일런스가 손으로 가면을 감싸며 생각했다. 망막에 상이 정확히 맺히지 않았다. 눈앞에 별이 빙글빙글 돌아다니는 듯했다.

'장난은 끝이야.'

사일런스는 가장 먼저 덤비는 소년의 팔을 잡았다. 보지 않아도 팔의 위치로 대강적인 움직임을 알았다. 그는 무릎 찍기로 소년의 옆구리를 후려쳤다. 이어서 다리를 높게 들어서 아래로 발꿈치로 내려찍었다.

휘리릭!

사일런스가 현란하게 몸을 움직였다. 뿌연 시야 사이로 소년들이 보였다. 놀랍게도 사일런스는 차분하게 전진하면서 다가오는 소년들을 하나씩 제압해서 뒤로 넘겼다.

다른 소년들이 약한 게 아니었다. 사일런스의 기술 숙련도가 압도적이었다. 몸에 닿기만 해도 유술가처럼 소년들을 내던졌다.

'말도 안 돼.'

이한은 눈을 크게 떴다. 저런 기술은 처음 봤다. 영화 속의 무술은 실제 인간이 구사하지 못하는 기술이 많다.

하지만 사일런스의 강화 신체와 비정상적인 운동 신경은 그걸 가능케 했다. 팔을 유연하게 움직이며 상대방의 힘을 분산시키고 잡아당기면서 역이용했다. 한 팔로도 사람을 던질 수 있는 완력이 있기에 가능한 일이다. 소년들이 풍선처럼 휙휙 공중으로 날아갔다.

위잉!

어느새 시력을 회복한 사일런스가 블링크를 사용했다. 그는 소년들을 제압하고 이한의 앞에 섰다.

-네가 제일 나빠.

사일런스가 전자 노트를 꺼냈다. 그는 조용히 숙소로 걸어 들어갔다. 이한은 걸음걸이만 봐도 그가 어떤 기분인지 알 것 같았다.

'단단히 화가 났네.'

이한은 바닥에 쓰러진 소년들을 보며 한숨을 쉬었다. 왠지 결과가 이럴 것 같았었다.

"다들 일어나. 놀이는 이제 끝났어."

이한이 소년들에게 선언하듯 말했다.

이한은 장난이 심했다고 생각했다. 그는 사일런스에게 사과하기 위해 방문을 몇 번 두드렸다. 분명 안에 있을 텐데도 문이 열리지 않았다. 이한은 목청을 가다듬고 문 앞에서 말했다.

"저기 사일런스, 내가 사과할게. 잘못했어."

방 안에서 반응이 있었다.

-나한테 왜 그랬어?

전자 노트만 빼꼼히 나왔다.

"크누트의 부탁을 거절하기가 힘들었어. 옛날에 나를 위해 중요한 결정을 해준 적이 있거든. 아니, 내 잘못이야. 충분히 거절할 수도 있었는데…… 솔직히 나도 재미있다고 생각했나 봐."

-뭐가 재미있는데?

새침한 글자체였다.

"내 힘으로 널 막아둘 수 있는지 시험해 보고 싶기도 했어. 가면 안이 조금 궁금하기도 했고."

끼익.

문이 조금 열렸다. 사일런스가 가면을 쓰고 서 있었다. 그는 전자 노트를 얼굴까지 끌어 올렸다.

-다신 그러지 마.

이한은 고개를 끄덕였다. 사일런스는 늘 가면을 쓰고 있다. 겉멋이라기에는 비밀 유지가 철저했다.

'무슨 사정이라도 있는 거겠지.'

이한은 사일런스의 얼굴에 대한 미련을 버렸다. 사일런스가 이토록 싫어하는데 강제로 볼 생각은 없다.

"크누트에게도 잘 말해둘게. 녀석도 사과하러 보낼까?"

-아니, 괜찮아. 난 너한테 사과를 받고 싶었던 거니까.

사일런스는 이한에게 배신감을 느꼈다. 친한 사이라고 생각했는데, 이한은 크누트의 편을 들었다. 그게 사일런스를 진짜 화나게 만든 이유였다.

"그럼 이만."

이한이 한 걸음 물러나며 말했다. 사일런스가 물끄러미 이한을 쳐다보다가 팔 자락을 잡았다. 이한은 의아한 얼굴로 사일런스를 바라봤다.

-저번에 약속했잖아. 영화 빌려주겠다고. 약속을 지킬 거야.

이한이 잠시 생각하다가 고개를 끄덕였다. 티라나의 마지막 전투에 앞서서 사일런스가 말했던 걸 떠올렸다.

"아, 달을 벤 사무라이? 맞지?"

사일런스가 고개를 끄덕였다.

-잠시 들어와. 파일을 찾아야 해.

이한은 사일런스의 방에 처음 들어갔다. 사일런스가 파일을 찾는 동안, 이한은 방 안을 둘러봤다.

'영화 포스터……'

낡은 영화 포스터가 여럿 보였다. 대부분 동양 무술 영화였다. 어디서 구했는지는 몰라도 구석에는 진검이 걸려 있었다. 이한은 살짝 들어서 만져 봤다. 몹시 가벼웠다.

-모형이야. 아무리 나라도 평상시에 진검을 들고 다니진 않아.

사일런스가 파일을 찾아서 USB에 복사 중이었다.

"영화를 정말 좋아하는가 봐."

이한이 눈동자를 굴리며 말했다.

-내가 바깥을 보는 유일한 방법이니까.

이한은 움찔했다. 그도 사일런스가 오래된 학생이라는 건 안다. 아무리 많아도 7, 8살에 아크에 왔을 터다.

'그보다 더 어릴 적에 왔을지도 모르지……. 그렇다면 바깥세상은 전혀 모르겠지.'

이한 세대는 바깥 생활을 해본 적이 있다. 바깥 세계가 어떤 곳인지 어렴풋이나마 안다. 당장 바깥에 나가더라도 적응하지 못해서 방황하진 않는다.

-영화가 가짜라는 걸 알면서도 동경하게 돼. 다들 멋지잖아.

이한은 사일런스에게 USB를 받았다. 주머니에 챙겨 넣고 자리에서 일어섰다. 그는 사일런스의 방에서 나갔다. 사일런스는 재밌게 보라고 한마디를 적어 보냈다.

'어쩌면 사일런스가 아는 세계는 인공 섬 아크와 영화 속 세상이 전부일지도…….'

이한은 방에 들어가서 영화를 틀었다. 화질이 좋진 않았다. 꽤 오래된 영화인 듯했다. 이한은 중간까지도 못 보고 곯아떨어졌다. 이 영화는 정말 재미없었다.

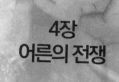

4장
어른의 전쟁

지난 며칠간 아크는 바쁘게 돌아갔다. 이한도 어느 순간부터 그걸 깨달았다.

3학년을 제외한 군인들은 전투준비로 한창이었다. 3학년만이 고요한 휴식을 취했다.

"푹 쉬고 있으라고, 한."

라오차가 군화 끈을 조이며 말했다. 이한은 다른 군인들을 쳐다봤다.

"……순수파인가요?"

3학년에게 자세한 설명은 없었다. 하지만 이한은 충분히 눈치챘다. 떠도는 이야기와 현재 상황만으로 이한은 모든 걸 읽어냈다.

"그래, 순수파의 수뇌부 일부가 안전을 담보로 투항했다. 베일에 감춰진 본부들까지 알아낸 거지. 이걸로 제대로 일망타진할 수 있어."

드래곤의 등장은 아이러니하게 아크의 기회로 작용했다. 천적의 재등장이 기정사실화됐다.

드래곤이 오지 않을 거라 믿었던 순수인간파 중 일부가 투항하는 건 당연했다.

'사이커가 아무리 싫어도 인류가 멸망하는 것보단 낫다는 거지. 아크 프로젝트의 명분도 충분하고.'

이한은 쓰게 웃었다.

"이 전쟁은 원래 너희들의 것이 아니야. 너희들의 전쟁은 미래에 있고 이 전쟁은 우리들의 것이다. 어른이 해결해야 할 일이야."

아크에서는 원칙적으로 2세대들을 인간과의 전투에 투입하지 않는다. 저번 방어전은 불가항력이었기에 2학년들이 참전했다. 단순히 도덕적 이유만이 아니다.

인간은 인간을 죽이는 데 익숙해지면서 정신적 충격을 완화하기 위해 심리적 방어 기제가 작동하고 살인을 정당화하게 된다. 대부분의 사이커에게는 그 정당화가 신인류 논리가 된다.

[나는 구인류보다 우월하다. 신인류인 내가 구인류를 말살하는 건 동족 살해가 아니다.]

잘못된 논리에 빠지면 스스로 신인류라 자칭하고 구인류와 벽을 두게 된다. 그런 사이커는 양심의 가책 없이 인간 학살이 가능하다.

자아와 인성이 여물지 못한 소년들은 그런 함정에 빠질 가능성이 훨씬 높다.

설사 드래곤과 전쟁에서 승리하더라도 그런 무자비한 논리를 가진 초인들을 어떻게 통제할 것인가.

순수인간파는 그런 우려 속에서 수많은 지지를 얻었다. 실제로 선민의식에 빠진 사이커들이 문제를 일으키는 경우가 종종 있었다.

인간은 남들보다 강한 힘을 가지면 타인 위에 군림하려 한다. '지배욕'은 누구나 가지고 있는 욕망이다. 그렇기에 인류는 사이커를 두려워한다.

'하지만 그렇다 하더라도 당장 드래곤을 막는 게 우선이지.'

라오차는 군장을 짊어지며 생각했다. 그는 이한의 어깨를 툭툭 쳤다. 아크에서는 군인들이 탑승한 수송기가 이륙했다.

"전쟁……."

이한은 멀어지는 수송기를 보며 중얼거렸다. 3학년들은

이런 상황을 보고도 별다른 생각이 없는 부류가 있고, 이한처럼 주위를 예민하게 살피며 생각에 잠기는 부류가 있었다.

다국적 연합군과 아크의 군인들은 전 세계에 흩어진 순수파의 본부들을 하나씩 급습했다. 한 달에 걸친 공격은 순수파를 괴멸 직전까지 몰아갔다.

본부를 잃은 게릴라 잔당들만이 민간인들과 뒤섞여 활동할 뿐이었다. 전쟁은 일방적인 연합군의 승리였다. 하지만 희생도 불가피했다.

특히, 특수 임무를 수행하는 아크의 군인들은 사상자 비율이 높았다.

전면전이 끝나고, 아크의 군인들도 하나둘씩 귀환했다. 익숙한 얼굴들이 몇 명 사라졌다.

"라오차는 죽었어."

이한은 사망자 명단을 보며 말했다. 사일런스가 주먹을 파르르 떨었다. 이한은 무덤덤하게 하늘을 바라봤다.

'사람은 쉽게 죽고 사라져.'

한 달 전만 해도 인사를 하며 떠났던 라오차였다. 그는 이한이 모르는 곳에서 죽었다.

이한은 좀처럼 실감이 가지 않았다. 아직도 라오차가 어디엔가 살아 있을 것만 같았다. 직접 보지 않아서일까, 슬픔도 예전보다 덜했다.

'아니면 내 감정이 무뎌지는 걸지도 모르지.'

이한은 아크에서 절실하게 느꼈다. 자신은 남들과 미묘하게 달랐다. 뭐라 형용하기 힘든 차이가 있다.

평범한 사람이라면 짐에 불과한 어린 고아들을 이끌고 생존경쟁에서 살아남지 못한다. 어쩌면 가혹한 환경이 이한을 단련시킨 것이 아니라, 이한이었기에 살아남았던 걸지도 모른다.

─난 피곤해서 이만.

사일런스는 일찍 숙소로 돌아갔다. 이한은 사일런스의 뒷모습을 바라봤다.

'사일런스는 베테랑인데도 은근히 마음이 약해.'

사일런스는 그저 꾹 참아낼 뿐이었다. 본질은 쿠로 같은 성격일지도 모른다.

"사람이 많이 죽었구나."

크누트가 옆에서 말했다. 크누트는 진급한 지 얼마 되지 않았다. 군인들의 죽음은 그에게 큰 영향이 없었다. 죽음에 익숙해진 탓도 있고, 안면이 없는 타인의 죽음에는 보통 무감각한 법이다. 하나하나 슬퍼하다가는 우울함을 견디지 못한다.

"사일런스에게 사과는 했어?"

이한이 말했다. 사일런스는 괜찮다고 했지만, 이한은 크누트에게 사과하라고 귀띔했다.

"하러 갔는데 괜찮다고 하더라고. 꽤 쿨한 녀석이야. 마음에 들었어."

크누트가 웃으며 말했다.

그는 자칭 비밀 조직인 스모의 소년들과 친해져서 이런저런 훈련도 같이하는 듯했다. 스모는 아직도 사일런스의 가면을 노리는 듯했지만, 이한이 보기에 자력으로는 불가능할 듯했다.

"저번에도 말했지만, 스모 일에서는 난 손 뗐어."

이한이 강조하며 말했다. 크누트가 아쉬움으로 입맛을 다셨다.

"스모 애들이 아쉬워하겠는걸. 다들 널 회장으로 추대하려고 했는데 말이지. 만장일치였어."

"넌 사과도 했으면서 아직도 계속할 생각이야?"

이한의 말투가 살짝 날카로워졌다. 크누트는 어깨를 으쓱하며 검지를 흔들었다.

"이젠 가면이 중요하지 않아. 난 사일런스를 이겨볼 거야. 3학년 중에서 제일 강한 사람을 꼽는다면 항상 언급되는 녀석이잖아. 목표가 있다는 건 언제나 기분 좋은 일이지."

크누트는 크게 기지개를 켰다. 경쾌한 제스처였다.

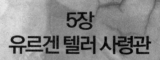

5장
유르겐 텔러 사령관

이한의 단말기에서 호출 신호가 왔다.

근래 드물었던 호출 명령이었다. 사이킥 훈련을 하던 이한은 단말기를 확인했다.

"긴급 호출?"

이한은 수건으로 땀을 닦다가 서둘러 훈련실을 벗어났다. 그의 표정이 굳었다.

'습격이라도 받은 건가? 아니, 그런 것치고는 아크가 고요하다. 전투 관련은 아닌 것 같은데…… 긴급 호출이라니.'

이한은 근래 행동을 되돌아봤다. 스모 작전에서 설치해 둔 함정과 장애물도 다 철거했다.

사고를 칠 만한 행동도 없었다. 호출이라면 몰라도 긴급 호출을 받을 일은 전혀 없다.

끼이이— 익!

이한이 훈련실을 나가기가 무섭게 굉음이 퍼졌다. 사이드카가 있는 바이크가 이한 앞에 멈춰 섰다. 고글을 쓴 군인 한 명이 말했다.

"3학년 이한 맞지? 타라."

군인은 이한의 팔을 잡아당기며 사이드카에 밀어 넣었다. 그는 이한의 머리에 헬멧을 던지다시피 했다. 손동작에서도 상당히 급한 게 느껴졌다.

'계급은 소령이다.'

이한은 헬멧을 쓰면서 군인의 계급장을 확인했다. 소령이 일개 병사를 데리러 바이크를 끌고 올 정도의 일이다. 이한은 뭔가 심상치 않다는 걸 느꼈다.

"꽉 잡아라."

부우우웅!

소령은 바이크를 거칠게 몰았다. 3학년 구역을 가로질러서 곧장 간부 숙소를 통과했다. 보초들이 소령을 확인하곤 바리게이트를 열었다.

"여기는 기밀 구역이군요."

이한이 말했다. 그조차 처음 오는 구역이었다. 소령은 대꾸도 없이 바이크를 공터에 세웠다. 그는 신호를 기다렸다.

위이이이잉!

공터 밑바닥이 열리면서 차량 한 대가 지나갈 만한 길이 나왔다.

밑으로 곧장 내려가는 지하 도로였다. 소령은 이한이 제대로 탔는지 확인하고는 밑으로 쭉 내려갔다. 가파르던 지하도가 완만한 굴곡으로 이어졌다.

'놀이기구를 타면 이런 기분일까.'

이한의 속이 울렁거릴 정도였다. 1분 정도 내려가고 나서야 바이크가 멈췄다.

"여기가 언더아크다."

소령이 중얼거리듯 말했다. 이한의 눈동자가 커졌다.

"도대체 이건⋯⋯!"

어지간해서는 눈 하나 깜빡하지 않는 이한조차 감탄사를 터뜨렸다.

아크의 지하에는 지상만큼이나 커다란 시설이 있었다. 건조 중인 기계 더미들이 드문드문 보였고, 한쪽 구석에는 무기 창고가 있었다.

'전쟁 물자?'

언더아크는 이한이 전혀 몰랐던 정보였다.

'아마도 보여서는 안 될 것들이 있는 거겠지.'

아크라는 기관이 깨끗할 리가 만무하다. 언더아크는 떳떳

하지 못한 것들만 모아둔 곳이리라 이한은 추측했다.

"가면서 설명하겠다, 이한."

익숙한 목소리가 들렸다. 알렉산더 참모장이 숨을 몰아쉬며 말했다.

"참모장님?"

소령은 건너편에서 나오는 알렉산더 참모장에게 경례를 했다. 이한도 뒤늦게 경례를 붙였다. 주위 풍경에 압도당해서 반응이 늦었다.

"일단 따라와라. 시간이 많지 않다."

알렉산더는 기나긴 통로로 걸어갔다. 이한은 다짜고짜 따라오라는 말에 반문할 틈도 없었다. 알렉산더가 빠른 걸음으로 나아갔다.

"무슨 일입니까? 제가 원래는 이곳에 들어오면 안 된다는 건 충분히 압니다."

"그래, 맞다. 3학년들에게 비공개된 구역이지. 하지만 그런 규칙을 어기면서까지 해야 할 일이 있다."

이한은 침을 꿀꺽 삼켰다. 참모장조차 목소리와 행동에서 다급함이 묻어 나왔다.

"무슨 일인지 알아야겠습니다."

이한이 빠른 걸음으로 알렉산더와 나란히 걸었다.

"지금부터 넌 사령관님과 만난다. 제2대 사령관 유르겐 텔

러다."

"사령관 말입니까?"

"사령관님에게는 시간이 많이 없다. 너와 이야기하는 것도 부족한 시간을 쪼개고 쪼개서 만나는 거지."

이한은 사령관이 누구인지 들어본 적이 없다. 아크의 사령관이 있다는 건 안다. 하지만 그 누구도 그가 어떤 사람인지는 말하지 않았다. 다들 실질적인 지휘관은 알렉산더 레코르라고 생각했다.

'사령관……. 아크에서 가장 높은 사람인가.'

군인들 앞에 모습을 드러내지 않으면서도 사령관인 자. 이한은 의구심을 가졌다.

'도대체 어떤 사람이기에 이런 곳에 있는 거지?'

이한은 알렉산더를 따라서 깊숙이 들어갔다. 두 번의 보안문을 더 통과했다. 삭막한 복도가 화려한 장식으로 점점 젖어가듯 변했다.

루- 라라라- 루루-

클래식 음악이 들렸다. 고급스러운 카펫이 땅바닥에 길게 깔렸다.

고전적인 가구들과 장식으로 방 안이 반짝였다. 그 중심에는 한 사내가 앉아 있었다.

몹시 깡마른 사내였다. 팔에는 링거를 꽂고 있었고, 피부는 바짝 말라서 원래 나이보다 훨씬 늙어 보였다.

얼핏 보기에는 노인 같으나 실제 나이는 알렉산더와 비슷한 중년이다.

'저자가 사령관?'

이한은 눈을 가늘게 떴다. 생각보다 호리호리했다. 병자나 다름없는 듯하다.

"유르겐 사령관, 이 아이가 이한입니다."

알렉산더가 말했다. 유르겐 사령관은 움푹 들어간 눈으로 이한을 쳐다봤다. 눈동자만큼은 선명한 푸른빛이었다.

"불안해하지 말게."

사령관의 말투는 노인 같았다. 실제 나이보다 더 깊은 세월의 흐름이 뚝뚝 묻어 나오는 듯했다.

"제가 불안해한다는 겁니까?"

이한이 반문하다가 아차 싶었다. 쓸데없는 말은 삼가라고 알렉산더가 말했다.

"금방 차분해지는군. 과연 듣던 대로야. 이번 사이코 프레임은 이 아이의 것인가?"

유르겐이 알렉산더에게 물었다.

"그렇게 정했습니다. 당장 전력이 필요하니까요."

"짧은 경험이 무의미할 정도로 자기 관리가 뛰어나군."

"시대를 잘 타고 났으면 군인이 아니라 형사 콜롬보가 됐을 아이입니다."

알렉산더가 농을 던졌다. 유르겐은 눈을 게슴츠레 떴다. 그가 손을 뻗어서 이한의 손끝을 잡았다. 이한은 유르겐의 팔목에서 짓눌린 듯한 자국을 발견했다.

'팔목에 상처가 있어. 뭔가 조인 듯한······.'

이한은 갑자기 온몸이 찌릿했다. 사령관의 손에 닿자마자 혈관이 감전되는 듯하다.

쿵!

이한의 심장이 떨렸다. 움찔하면서 뒤로 물러났다. 불쾌한 느낌이 들었다.

'뭐지, 방금 그건.'

이한은 상대가 사령관이라는 것도 잊은 듯이 눈을 매섭게 떴다. 그가 사령관과 알렉산더를 노려봤다.

"예민하군. 그리고 마음의 벽이 단단해. 나조차도 표면밖에 훑지 못하겠어."

유르겐이 혼잣말하듯 말했다. 목이 쉰 듯이 음정이 거칠거칠했다.

이한은 문득 예전에 들었던 레드 중사의 말을 떠올렸다. 이한은 작은 단서도 쉽게 놓치지 않는다.

"정신 감응······ 능력입니까?"

이한이 예전에 생포했던 엘루 메이지를 정신 감응 능력자의 손에 맡겼다.

그 정신 감응 능력자가 눈앞의 사령관일지도 모른다. 유르겐이 맞다는 의미로 고개를 끄덕였다.

"살아온 환경이 너를 그렇게 만든 건가……."

유르겐은 이한을 내버려 두고 알렉산더와 이야기를 했다. 몇 마디의 중요한 말이 오갔다.

유르겐은 피곤한 듯이 미간을 꾹꾹 눌렀다. 그는 이한을 보며 마지막으로 말을 더했다.

"손이 따뜻하더구나. 마음이 따스하다는 증거지."

유르겐과의 짧은 만남은 그게 끝이었다. 알렉산더는 이한을 끌고 나가다시피 했다.

이한은 영문 모를 이 상황을 차근차근 머릿속에 정리했다. 그가 기나긴 통로를 빠져나오며 알렉산더에게 말했다.

"유르겐 사령관님은 정신적으로 문제가 있는 겁니까?"

"알 것 없다."

"그런 것치고는 제게 너무 많은 걸 보여주셨습니다. 대충 예상됩니다."

알렉산더는 짧게 신음했다. 이한은 통찰력이라는 측면만 따지면 소위 말하는 천재다. 암기 능력이나 지식 흡수력, 창의성이 좋아야만 천재라고 불리는 게 아니다. 남과 똑같은 걸 봐도 더 많은 사실을 깨닫는 부류가 있다.

'하필이면 이한을 여기까지 데려오게 되다니.'

알렉산더는 머리를 절레절레 흔들었다.

이한이라면 지금까지 본 것만으로도 많은 사실을 유추했을 터다.

이한이 기밀을 누설할 만큼 입이 가볍고 서투른 아이는 아니지만, 기밀은 지켜야 하기에 기밀인 것이다.

'눈이라도 가렸어야 했는데.'

이미 그런 판단을 하기에는 늦었다. 이번 호출은 알렉산더조차 예상치 못한 일이었다. 서류를 검토하던 사령관이 갑작스럽게 명령한 것이다.

"오늘 여기서 본 건 아무에게도 말하면 안 된다. 특히 학생들에게."

"알고 있습니다. 그리고 저는 그저 제 생각이 맞는지 확인만 해보고 싶습니다. 사령관님은 제정신을 유지 가능한 시간이 제한적인 걸로 보입니다. 아마도 정신 감응 능력의 부작용이겠죠. 평상시에는 수갑 같은 걸로 팔을 묶고 방에서 지내고……."

알렉산더가 인상을 찌푸렸다.

"그만. 더 말하지 마라. 똑똑한 걸 자랑하고 싶은 거냐? 그래, 그 짧은 시간에 쌓인 서류를 검토하고 앞으로의 방침을 정하는 거지. 그 귀중한 시간을 너를 위해 사용했다. 사령관이 자기 자신으로 있을 수 있는 시간은 지극히 짧아. 무분별하게 능력을 혹사한 탓이지. 기억이 혼재되고 자아가 뒤섞였어. 이제 만족하나?"

알렉산더는 화가 난 듯했다. 이한을 향한 분노라기보다는 사령관에 대한 안타까움이었다.

"죄송합니다."

이한은 자신이 다소 건방졌다는 걸 알았다.

"2세대 사이코 프레임 강화병은 네가 최초다. 그 의미를 알겠나?"

"조금은 알겠습니다."

"드래곤과 대등하게 싸울 수 있다는 건, 다르게 말하자면 인류에게 드래곤과 동등한 위협이 된다는 것이지."

"……."

"어려운 결정이었다는 것만 알아둬라, 이한."

알렉산더는 지친 얼굴이었다. 사령관이 제정신으로 깨어 있는 시간을 최대한 활용해야 했다. 듣고 있던 이한은 냉소적으로 대답했다.

"당연히 어려운 결정이었겠죠. 이제 막 10살을 넘긴 애에게 모든 걸 맡기는 것이니까."

알렉산더의 동공이 흔들렸다. 이한의 말이 그의 폐부를 찔렀다.

아크의 참모장인 그도 종종 망각하곤 했다. 인류는 역사상 가장 잔혹한 결정을 했다. 소년이라고 칭하기에도 부끄러운 아이들에게 인류의 미래를 맡겼다.

'어쩌면 우리는 이한 같은 부류의 아이를 찾고 있었던 것일지도……. 소년인데도 우리와 동등한, 어쩌면 능가할 수도 있는 정신력을 가진 존재. 양심의 가책 없이 무거운 짐을 맡길 수 있는 초인.'

유르겐 사령관은 사이코 프레임을 이한에게 맡겨도 좋다는 이야기를 했다. 짧은 만남이었지만 유르겐은 이한의 성품을 대강이나마 파악했다는 것이다. 적어도 인류에게 창칼을 겨눌 인물은 아니라는 소리다.

"그만 돌아가라, 한."

알렉산더가 차마 이한과 눈을 마주치지 못하며 말했다. 이한은 경례를 하고는 언더아크를 빠져나왔다. 군인들이 차량을 운전해 이한을 숙소까지 데려다줬다.

"후우."

이한은 알렉산더에게 까칠할 수밖에 없었다. 그는 자신이 알지 못하는 상황이 싫었다. 불확실하며 통제가 불가능한 환경은 위험하다.

이한은 본능적으로 오늘 같은 상황을 꺼려했다. 만약 이곳이 아크가 아니었다면 언더아크라는 수상한 곳에 들어가지도 않았을 터다.

그는 크누트와 같은 용감한 모험가가 아니다.

'그리고 하나는 확실해. 아크에서는 이제 내가 필요하다.'

힘의 균형이 서서히 역전됐다.

지금까지는 아크가 이한의 모든 걸 쥐고 있었지만, 이제는 이한이 주도권을 조금이나마 잡았다.

만약 이한이 행여나 나쁜 마음을 먹는다면 아크는 순수파 습격보다 훨씬 더 큰 피해를 입는다. 사이코 프레임은 그만한 힘이 있다.

'하지만 항상 똑똑하게 행동해야 돼. 그 사람들은 어른이야. 무방비하게 내게 모든 걸 맡기진 않아.'

안전장치 하나 없이 이한에게 주도권을 내줄 아크가 아니다.

문득 이한은 자신의 행동과 생각이 그토록 혐오하던 최고위원회와 별반 다르지 않다는 걸 알았다.

인류의 존망이 걸린 문제인데 이익과 손해를 따져 가며 아크와 줄다리기를 하고 있다. 서로가 서로를 배신할까 봐 두려워한다.

"……웃기고 있네."

이한은 잡생각을 지웠다. 잠자기에는 이른 시간이지만 샤워조차 하지 않고 침대에 누웠다.

그는 이불 속에서 단말기를 켜고 한국에서 보내온 밀린 메일을 확인했다.

'나는 단지 지키고 싶었을 뿐이야.'

이한이 웅얼거리며 눈을 감았다.

6장
드래곤의 유해

과학 기술이 발전한 지금도 지구는 황폐하다. 절박한 상황에 놓인 인류는 지구의 생태적 복원을 포기했다. 그 여파가 가장 심한 곳은 아프리카였다. 대지는 거세게 메말라 갔다. 발달한 과학기술로 사막화를 막을 방법은 있으나, 그 어떤 국가도 투자를 하지 않았다. 봉사나 구호 활동 따윈 사전 속 의미가 된 지 오래다.

"으음."

북아프리카의 가난한 히두족 소녀는 인상을 찌푸렸다. 오늘따라 햇살이 더욱 거셌다. 물을 기르러 반나절을 걸어야 한다. 그 생각을 하니 벌써부터 가슴이 답답했다.

"애야, 서둘러 출발해야지. 어두워지기 전에 돌아와야 하잖니."

소녀의 할머니가 재촉하듯 말했다. 히두족 소녀는 한숨을
내쉬었다.

"알았어요, 할머니."

소녀는 물통을 짊어지고 집을 나섰다. 집 밖을 나서니 벌
써부터 숨이 막혔다. 모래 먼지가 기도를 틀어막는 기분
이다.

'짜증 나.'

히두족 소녀는 중얼거리며 마을을 돌아다녔다. 다른 또래
소녀들도 하나둘씩 모였다. 물을 길러 가는 소녀들이 함께
출발했다. 혼자보다는 여럿이 나았다. 심심하지도 않고, 덜
위험했다.

그녀들은 각자 물통을 지고 마을에서 출발했다. 한참을 걸
어서 다리 앞에 도착했다.

"다들 조심해."

협곡에 가장 먼저 도착한 소녀가 말했다. 다른 소녀들도
고개를 끄덕였다. 용의 협곡이라 불리는 곳이다. 소녀가 태
어나기도 전에 있었던 전쟁의 흔적이다. 용의 숨결 때문에
땅이 깊게 갈라졌다고 한다. 메마른 밑바닥은 끝이 어두
웠다.

끼익.

협곡에 설치된 조잡한 다리가 흔들렸다.

"으으."

소녀가 침음하며 밧줄을 굳게 붙잡았다. 협곡을 둘러 가면 시간이 훨씬 오래 걸린다. 하루 안에 도착하려면 협곡의 다리를 건너야 한다. 소녀들은 물 한 통을 길어 오기 위해 목숨을 건다. 한때는 소녀들의 가족들도 전쟁 전에는 상수도 시설이 있는 마을에 살았다고 하지만, 전쟁 이후에는 바깥으로 떠밀렸다.

'힘들어.'

소녀는 오늘따라 더욱 일하기가 싫었다. 하루 정도는 편하게 쉬고 싶었다. 그런 생각이 방심을 불렀던 걸까. 밧줄을 쥐고 있던 손가락이 느슨해졌다.

휘이이이잉!

다리를 거의 다 건널 무렵에 협곡 밑에서 바람이 세차게 불었다. 다리가 흔들렸다. 다들 밧줄을 굳게 붙잡았다. 투덜거리던 소녀만이 밧줄을 놓쳤다. 몸이 흔들리다가 절벽 아래로 추락했다.

"꺄아아아아!"

비명이 사방에서 들렸다. 소녀는 경악에 가득 찬 표정으로 떨어졌다.

'이대로 나 죽는 거야?'

소녀는 팔을 휘저었다. 눈앞에 협곡 절벽이 보였다. 듬성듬성 메마른 나뭇가지가 보였다. 불규칙하게 솟아난 돌기둥도 있었다.

휘리리릭!

정말로 천운이었다. 아래로 한없이 추락하던 소녀는 돌기둥에 옷자락이 휘말렸다. 옷자락이 찢어질 듯이 늘어졌다. 소녀는 정신을 바짝 차리고 옷자락을 부둥켜 잡았다. 눈을 질끈 감았다. 눈물이 찔끔 나왔다. 아랫도리에서는 누런 액체가 허벅지를 타고 흘렀다.

"하아, 하아."

소녀가 눈물 콧물 다 빼면서 온몸을 부들부들 떨었다. 아직도 밑바닥이 보이지 않았다. 살기 위해 옆으로 삐죽 튀어나온 돌기둥을 악착같이 붙잡았다.

"엄마……."

소녀가 울먹였다. 절벽 위에서 다른 소녀들이 소리를 질렀다.

"나 여기 있어—!"

소녀가 크게 외쳤다. 외침은 절벽을 울리며 올라갔다. 곧 어른들이 어떻게든 해줄 터다. 소녀는 그걸 믿으며 돌기둥을 부둥켜안았다. 시간이 어느 정도 흐르자 조금씩 차분해졌다.

얼마나 시간이 흘렀을까……. 해가 중천에 오르자, 협곡에도 햇살이 들어왔다. 어두웠던 주위가 점점 밝아졌다.

"아……!"

소녀가 돌기둥이라고 생각했던 것은 돌기둥이 아니었다. 거대한 갈비뼈였다. 소녀는 자신이 매달린 절벽을 천천히 훑어봤다.

"용?"

용의 유해가 장식품처럼 절벽에 박혀 있었다. 공룡이 아닌 드래곤이었다. 10여 년 전 유해치고는 세월의 풍파가 짙게 묻어 나왔다. 적어도 인류의 역사보다 더 오랜 세월이…….

KILL
THE
DRAGON

아프리카에서 드래곤의 유해를 발견했다는 보고가 있었다. 아크에서는 군인들과 연구 팀을 파견했다. 그중에서는 사이커 팀도 있었고, 그 안에는 이한도 포함됐다.

"크누트, 사일런스, 사이먼."

이한은 3명의 대원을 차출했다. 이한은 또다시 분대장을 맡았다. 순수파와의 전쟁으로 1세대 사이커들은 대부분 부상을 입었다. 바로 작전에 다시 투입하는 건 무리다.

이번만큼은 예외적으로 3학년으로만 구성된 분대가 허용됐다. 단일 분대 파견이 아니라, 연구진과 다른 군인들이 섞였기에 3학년들은 순수하게 경호만 맡으면 된다.

"걱정 마. 전투 상황은 거의 없을 거야. 만약을 대비해서 우리가 따라가는 거니까."

이한이 분대원들에게 말했다. 크누트는 첫 임무인데도 얼굴에 여유가 있었다. 오히려 즐거워하는 듯했다.

"아쉽네. 이왕이면 미니언들이 나오면 좋을 텐데."

크누트가 말했다. 듣고 있던 사이먼이 냉소적으로 웃었다.

"헹, 배부른 소리하고 있네."

–다들 조용히 해. 어젯밤에 영화 본다고 잠을 자지 못했단 말이야.

사일런스의 글자에는 짜증이 돋아 있었다.

"우리가 왜 네가 못 잔 것까지 신경 써야 해?"

분대원들은 투닥투닥하며 떠들었다. 수송기 엔진음이 규칙적으로 들렸다. 이한은 이번 작전의 최고 결과가 비전투라는 걸 안다. 혹시나 있을 미니언 습격 때문에 사이커 팀이 참여하는 것뿐이다. 미니언 습격이 없다면 관광하듯 구경만 하다가 오면 된다. 쉬운 임무였다. 그렇기에 3학년만으로 팀이 구성됐다

"여기가 아프리카야? 온통 모래색이네."

크누트가 창밖을 바라보며 말했다. 이한도 아래를 내려다 봤다. 황폐해진 땅이 보였다. 군데군데 갈라진 땅도 많이 보였다. 갈라진 땅이 협곡을 이루었다.

"아프리카에서 나타난 네 번째 드래곤은 파괴 광선이 특별히 강했다고 해. 당시에 갈라진 흔적들이지."

이한이 미리 예습한 내용을 말했다. 아프리카에서는 그 흔적들을 용의 협곡이라 부른다. 워낙 인위적인 협곡이 많고 자력으로 복원할 여력도 없어서 방치 중이다. 아프리카는 당장 국민들조차 제도권으로 전부 수용하지 못할 정도로 상황이 나쁘다. 한국도 이곳과 크게 다르지 않다.

"이번에 발견된 게 드래곤 화석이라면서?"

크누트는 굉장히 신나 보였다. 이한도 조금 들뜨긴 했다. 작전이지만 외출하는 느낌이었다. 마음의 부담도 없었다.

"드래곤 소재는 항상 부족했으니까. 아크에서도 서둘러 회수하려고 하는 거겠지."

사이먼이 밑을 보며 말했다. 군인 수송선이 먼저 밑으로 내려앉았다. 이어서 연구진이 내리고, 마지막으로 이한의 팀이 내렸다. 이한의 분대 코드는 이번에도 E, 이지 분대였다. 당분간 이한이 맡는 분대는 E로 고정되는 모양이었다.

"내리자."

이한이 분대원의 등을 밀면서 차례대로 내보냈다. 그들은 총기를 둘러메고 주위를 둘러봤다. 아프리카 연합 현지 군인들이 아크의 대원들을 둘러쌌다.

"너흰 연구진과 함께 대기해라."

총작전 지휘를 맡는 아짐 대위가 말했다. 아프리카 리비아 출신 군인이다. 아크는 되도록 현지인과 연계를 위해 문화권이 같거나 해당국 출신을 끼워서 파병한다. 아짐 대위는 현지 군인들과 이런저런 이야기를 했다.

"아, 덥다. 주스라도 마실래?"

아크의 연구원이 이한에게 말했다. 그들은 아이스박스에서 시원한 음료를 꺼냈다. 아프리카에서는 사치 중의 사치였다. 이지 분대원들은 음료를 한 잔씩 받아서 마셨다. 고온 건조한 날씨에 음료 한 잔을 마시니 기분이 훨씬 좋아졌다.

-소풍이라도 나온 기분이야.

사일런스가 빨대를 꽂아 음료를 마셨다. 그의 풀페이스 전투 헬멧은 무척이나 더울 것 같았다. 현지 군인들에게 가장 주목받는 사람이 바로 사일런스였다. 이 더운 날씨에 헬멧을 뒤집어쓰고 있으니, 다들 미쳤다고 수군수군거렸다.

"덥지 않아?"

크누트가 말했다. 사일런스는 전투 헬멧 옆에 새로 부착한 부품을 가리켰다. 헬멧에서는 미미하게 모터가 돌아가는 소리가 났다.

-휴대용 냉방기야. 허리춤의 배터리와 연결됐어. 개발 부서에 부탁해서 달아 달라고 했지.

"지금 헬멧 안이 에어컨 켠 거랑 똑같다는 거야?"
크누트가 눈을 동그랗게 떴다.

-그래.

"나도 좀 쓰자!"
크누트가 사일런스에게 덤벼들었다가 얻어맞고 나가떨어졌다. 이한은 크누트와 사일런스의 콩트를 심드렁하게 쳐다보다가 시선을 돌렸다. 사이먼도 더위에 약한지 간이 텐트에서 나오지 않았다.
'다들 더위를 잘 견디지 못하는군.'
크누트는 스칸디나비아 반도 출신이다. 사이먼은 영국, 사일런스도 서구권 출신일 터다. 이 중에서 더위에 가장 익숙한 사람은 이한이었다. 한국의 여름 날씨만큼은 어지간한 적도 국가만큼 뜨겁다.

더군다나 한국의 고온다습한 기후는 고온건조보다 훨씬 체감 온도가 높다. 거기다 이한은 인내심이 뛰어나서 어지간한 더위로는 눈 하나 깜빡하지 않았다.

'예상대로 우리는 거의 할 일이 없어.'

정치적 문제와 협상은 간부 장교들의 몫이다. 현지 조사는 연구진들이 한다. 이지 분대는 만약을 위한 파견일 뿐이다. 이한은 편안한 기분으로 아프리카의 정취를 즐겼다. 풍경부터가 이국적인 분위기였다.

"우리를 보고 있어. 기분 나쁜 녀석들."

사이먼이 현지 군인들을 보며 말했다. 사이먼은 찬물에 젖은 수건을 얼굴에 얹었다.

수군수군.

현지 군인들은 이지 분대를 힐끗힐끗 쳐다봤다. 그들도 이지 분대가 특별한 존재라는 걸 아는 듯했다. 드래곤을 제압하는 유일한 무력. 인류의 최정예 병사가 될 자들. 그것이 3학년들이다. 현지 군인들이 보기에 신기한 게 당연했다.

'동물원의 원숭이 보듯이.'

이한은 예전에도 이런 눈빛을 받은 적이 있다. 중국 연구소 작전 때, 그곳 연구원들은 이한을 흥미롭게 관찰했다. 기분 나쁜 시선이었다.

-우리는 특별하잖아. 당연한 거야.

사일런스의 헬멧 실드가 깜빡였다. 디스플레이에서 글자가 지나갔다.

"흥, 마음에 들지 않아. 아프리카의 국가 중 상당수는 사이커가 태어나자마자 그냥 죽여 버렸다고. 몇 년 전까지만 해도 사이커를 인간으로 인정하지 않았지."

사이먼이 짜증 난다는 듯이 말했다. 후진국일수록 사이커에 대한 대우는 처참했다. 오래전 아프리카에서는 사이커가 괴물 취급을 당했다. 지금도 그런 편견은 남아 있다.

인간은 자신과 조금만 달라도 본능적으로 두려워하고 배척한다. 발달한 시민 의식을 가진 국가일수록 사이커에 대한 평가와 인지도가 좋았다. 다르다는 것을 인정하려면 체계적인 교육이 필요하다.

"사이먼은 항상 화를 내고 다니는 것 같아."

크누트가 말했다.

"세상만사에 화가 나는 걸 어쩌라고. 너희들도 짜증 나, 이 자식들아."

사이먼이 투덜거리며 말했다. 사이먼의 성격이 더럽다는 건 다들 익히 알고 있다. 이한은 1학년 때부터 겪어왔었고, 크누트와 사일런스도 사이먼의 까칠한 성격을 안다.

'딱히 우리에게 악의가 있어서 저러는 건 아니지. 모든 사람에게 저런 태도를 보이니까.'

사이먼은 자존심이 강한 만큼 책임감도 강하다. 자신에게 주어진 임무를 못 한다는 건 도저히 용납하지 못한다. 무리를 해서라도 임무를 완수할 타입이다.

이한은 그런 사이먼의 강한 의지력을 믿는다. 티라나 차원 균열에서도 이한 다음으로 드래곤 피어를 깨뜨린 사람이 사이먼이다.

"지금부터 밑으로 내려갈 텐데, 너희들 중 한 명만 같이 가주겠니?"

여자 연구원이 이지 분대원들에게 다정하게 웃으며 말했다. 다들 더위로 움직이기 싫은 기색이었다. 이한은 분대원들을 살펴보다가 자진해서 나섰다.

"제가 가겠습니다."

그 광경을 물끄러미 보던 사일런스도 앞으로 나왔다.

-나도 가겠어. 헬멧에 냉방 기능. 그리고 2인 1조로 움직이는 게 원칙.

사일런스가 드문드문 생략하며 글자를 속기했다. 이한은 고개를 끄덕였다. 사일런스의 말이 옳았다. 아무리 이곳이 안전지대라도 2인 1조로 움직여야 한다.

이한과 사일런스는 연구진을 따라 움직였다. 협곡 아래로 간이 승강기가 설치됐다. 20여 명은 넉넉하게 탈만한 승강기가 아래위로 움직였다.

위이이이이잉!

전동 도르래가 움직였다. 승강기가 크게 덜컹거리다가 천천히 움직였다.

이한은 연구원들을 살폈다. 그들은 여기서 발견된 드래곤 유해에 큰 관심을 가졌다. 드래곤의 비밀을 풀어낼 단서일지도 모른다.

-떨어지면 죽겠네.

사일런스가 이한의 어깨를 톡톡 쳤다. 이한도 침을 살짝 삼켰다. 밑바닥은 끝이 보이지 않았다.

"불길한 소리 하지 마."

이한은 사일런스의 말을 딱 잘랐다.

"여긴가."

수석 연구원이 말했다. 그들은 어두침침한 절벽을 쳐다봤다. 전등을 켜서 주위를 밝혔다.

"드래곤⋯⋯."

모두가 탄성을 터뜨렸다. 드래곤의 뼈가 절벽에 박혀 있었다. 온전하진 않지만, 지금 남아 있는 뼈만으로도 형태가 보였다.

"적어도 바하무트급인걸. 보통 드래곤이 아니야."

"얼마나 오랫동안 여기 묻혀 있었던 거지?"

연구원들이 말했다. 이한을 데려왔던 여자 연구원이 이한과 사일런스를 쳐다봤다.

"테스트 부탁해, 소년병."

이한은 장갑을 벗으며 고개를 끄덕였다.

'이게 정말로 드래곤의 뼈라면 사이킥에 반응하겠지.'

이한은 연구원들을 헤치며 앞으로 나갔다. 연구원들이 좌우로 갈라지며 길을 열었다.

"시작하겠습니다."

이한이 말하면서 드래곤의 갈비뼈를 만졌다. 이한은 정전기에 감전된 듯이 온몸이 찌릿했다. 그의 눈동자가 푸르스름하게 빛났다.

우우우웅!

이한의 손끝부터 사이킥 에너지가 번져 갔다. 드래곤의 뼈를 타고 올라간 사이킥이 환하게 빛났다. 드래곤의 유해 전체가 사이킥으로 반짝였다. 경이로운 광경이었다. 연구원들도 넋을 잃고 쳐다봤다.

턱!

뭔가를 눈치챈 사일런스가 이한을 잡아끌었다. 이한은 뼈에서 손을 뗐다.

"고마워."

이한은 사이킥 에너지를 많이 소모했다. 드래곤의 뼈는 사이킥 흡수를 멈출 줄 몰랐다. 오랫동안 메마른 스펀지처럼 사이킥을 빨아들였다. 이한이 쉽게 손을 떼지 못하고 있을 때, 사일런스가 잡아당긴 셈이다.

"확실히 드래곤의 뼈로군. 이제부터는 우리에게 맡겨라. 고생했어."

연구원들이 이한에게 말했다. 옆으로 승강기 하나가 더 내려왔다. 이한과 사일런스가 타고 올라갈 승강기였다. 지금부터는 연구원들이 분주해질 차례다.

이한과 사일런스는 협곡 위로 올라갔다.

-정말 드래곤이었어.

"꽤 오래된 것 같았지?"

-드래곤은 이계의 존재잖아.

"침략 이전부터 존재했다는 걸까."

이한이 아무리 궁리해도 정답은 나오지 않는다. 그건 연구원들의 몫이다. 연구원들은 새로운 정보에 흥분한 듯했다. 그들에게는 드래곤의 기원을 밝히는 것도 매우 중요한 일이다.

"여! 어땠어?"

크누트가 힘찬 목소리로 말했다. 이한은 의아한 얼굴로 크누트를 쳐다봤다. 아까 전까지만 해도 더위로 반쯤 죽어 나가던 크누트였다. 지금은 아주 쾌활한 목소리다.

퉁! 퉁!

크누트는 현지 군인들과 축구를 하는 중이었다. 가벼운 5:5 미니 축구였다. 말은 통하지 않아도 축구를 모르는 남자는 드물다.

"정말로 드래곤의 뼈더라."

이한이 말했다. 크누트는 땀을 닦으며 웃었다. 축구로 친해진 현지 군인들이 크누트에게 뭐라 말했다. 발음이 부정확한 영어였다. 크누트는 손짓 발짓으로 대강 알아들으며 고개를 끄덕였다.

"잘 보시라. 이게 바로 초. 능. 력."

우우웅!

크누트가 염동력으로 축구공을 공중에 띄웠다.

"오오!"

현지 군인들이 감탄사를 터뜨렸다. 몇몇은 박수까지 쳤다. 이한은 눈을 흘기며 주위 상황을 살폈다. 크누트 근처의 군인들은 사이커에게 호의적이었다. 반대로 구석에는 사이커를 좋지 않은 눈으로 쳐다보는 자들도 있었다.

"동물원 원숭이처럼 굴고 있어. 우린 구경거리가 아니라고."

사이먼은 크누트의 행동이 마음에 들지 않는 듯했다.

'근래 들어서 사이먼의 성격이 더 까칠해진 것 같은데.'

이한이 생각했다. 예전의 사이먼은 철이 없었지만 이 정도로 히스테리를 부리진 않았다. 지금은 뭔가 생각이 깊어진 듯했지만, 사사건건 뭔가가 마음에 들지 않는 듯했다.

사이먼은 초조해하고 있었다. 더 이상 자신이 남들보다 특출하게 뛰어나지 않다는 사실이 괴로웠다.

'제길, 내가 뭐가 천재란 말인가.'

사이먼은 숙영 텐트로 돌아가면서 중얼거렸다. 근래 이한이 제3기술 팀과 긴밀한 관계를 맺고 있다는 건 그도 알고 있다. 상부에 떠도는 소문으로는 이한이 첫 번째 2세대 강화병이 될 가능성이 높다고 했다.

'난 지금까지 바보들 사이에서 천재인 척했을 뿐이야.'

사이먼은 자괴감에서 쉽게 빠져나오지 못했다. 그도 되도록 남들에게 친절하게 대하려고 노력했다. 하지만 근래 들어서 생긴 열등감 때문에 쉽지 않았다.

"후우."

사이먼은 한숨을 내쉬며 숙영 텐트에 들어가 누웠다. 1인용 텐트 안에는 필요한 시설이 다 있었다. 그도 이한과 친하게 지내고픈 마음이 한구석에 있었다.

'나를 분대원으로 뽑았다는 것 자체가 신뢰의 증거겠지.'

이한은 훌륭한 분대장감이다. 사이먼조차 그것만큼은 인정했다.

"사이먼, 크누트 텐트에서 카드 게임할 건데, 올래?"

이한이 텐트 바깥에서 말했다. 드러누웠던 사이먼은 그림자로 비친 이한을 쳐다봤다.

"아니, 피곤해서 쉴 거야."

이한은 사이먼이 거절할 줄 알았다. 단지 말을 걸어보려고 꺼낸 이야기였다.

"……요새 기분 안 좋은 일이라도 있는 거냐?"

정곡을 찌른 말이었다. 사이먼이 눈살을 찌푸렸다.

"그저 그래. 신경 꺼."

"사이먼, 널 걱정해서가 아니야. 난 네 최상의 상태를 생각하고 분대원으로 뽑은 거야. 내가 알고 있는 사이먼과 지금의 네가 다르면, 작전에서 내가 곤란해."

"내가? 웃기고 있네. 발목 잡진 않아. 내가 네 목숨을 몇 번이나 구해줬다고 생각해?"

사이먼의 말에 이한은 잠시 눈을 감았다. 사이먼과 함께했던 작전을 생각했다.

"3번 정도던가?"

"잘 알고 있네. 내가 살려준 목숨으로 재밌게 놀기나 해."

이한은 머리를 긁적이며 사이먼의 텐트를 지나갔다.

'개인적인 고민인가.'

이한은 더 이상 사이먼의 속을 보려고 하지 않았다. 이한은 저번 사일런스 사건에서도 절실하게 깨달았다. 서로의 프라이버시를 존중해야 한다. 남에게 알리고 싶지 않은 부분은 다들 조금씩 있는 법이다.

"사이먼은?"

텐트에서 카드를 주섬주섬 꺼내던 크누트가 말했다.

"먼저 자겠다고 하네."

이한은 자리에 앉으며 초콜릿 하나를 입에 머금고 녹여 먹었다.

"그 녀석 못 본 사이에 더 까칠해졌어."

"저번 티라나 차원 균열에서 뭔가 정신적 충격이 좀 있었나 봐. 뭔지는 잘 모르겠지만."

이한의 감은 예리했다. 어느 정도는 맞아떨어졌다. 다만 그 깊은 속까지 알기에는 이한의 인생 경험이 부족했다. 사이먼을 제외한 소년들은 카드 게임을 하면서 남은 시간을 보냈다. 서늘한 밤기운이 으슬으슬 올라오자 다들 자신들의 텐트로 돌아갔다.

이틀째, 아크에서 장비가 증원됐다. 드래곤 유해라는 게 확정되자 발굴 장비들이 도착했다. 드래곤의 뼈는 귀중한 자원이다. 아크의 입장에서는 돈으로 환산 불가능한 가치다. 드래곤 소재가 없으면 드래곤과 싸울 무기도 없다.

"어이, 분대장. 오늘 우리는 뭐 해?"

크누트가 부스스한 얼굴로 일어났다. 그는 늘어져라 하품을 했다.

"그냥 대기야. 그리고 어제처럼 현지 군인과 접촉하는 건 삼가는 게 좋겠어."

이한이 크누트에게 말했다. 크누트는 탐탁지 않은 듯했지만 고개를 끄덕였다.

'친해지는 것도 좋지만, 괜히 분란을 일으키면 곤란해.'

이한은 다른 소년들보다 복잡한 관계에 대해 잘 안다. 현지 군인, 아크의 군인, 연구진, 사이커 팀. 다들 드래곤 타도라는 목적을 가졌지만, 이해관계는 제각각이다. 이런 상황에서는 조용히 있는 게 최선이다.

"빨리 돌아갔으면 좋겠다. 덥고 찝찝해."

하루 만에 몸이 모래와 먼지로 찝찝했다. 샤워 시설도 따로 없기에 물수건으로 대충 얼굴과 몸을 닦아냈다.

이한은 물수건을 털어내면서 저 옆에 지나가는 군인들을 바라봤다. 이런저런 장비들을 몸에 주렁주렁 단 군인들이었다.

7장
데스웜(1)

저벅저벅.

장비를 착용한 탐사대원들이 협곡 아래로 내려갔다. 발굴에 앞서서 협곡 밑바닥을 탐사할 생각이었다. 10여 년 전에 생긴 협곡의 밑바닥까지 내려간 이는 지금까지 없었다.

"불을 켜."

햇빛이 닿지 않는 영역까지 도달했다. 탐사대원들은 헤드라이트를 켰다. 습기를 머금은 벽면이 보였다. 동굴에서나 풍기는 습한 냄새가 났다. 모래들은 갈색으로 젖어서 엉켜 있었다.

탁탁.

탐사대원은 줄에 몸을 걸치고는 신발로 바닥을 두들겼다.

다행히 딱딱한 바닥이었다.

"뭐, 별거 없네."

앞서가던 탐사대원이 중얼거렸다. 다들 별다른 위험이 이곳에 있으리라곤 생각하지 않는다. 형식상 조사일 뿐이다. 지금 중요한 건 드래곤의 뼈를 안전하게 발굴해서 가져가는 일이다.

"이번에 따라온 꼬맹이들은 좀 어떤 것 같아?"

꼬맹이란 이지 분대를 가리키는 말이다. 아크의 군인들은 3학년들이 무척 어리다는 걸 안다. 3학년의 체격은 어른 같아도 자세히 보면 앳된 얼굴들이다. 군인들 입장에서는 3학년들은 막냇동생이나 자식뻘이다.

"차분하게 잘 있던걸. 쓸데없이 나대지도 않아."

아프리카는 까다로운 곳이다. 사이커에 대한 인식이 좋지 않은 지역인 데다가 순수파의 게릴라들도 드문드문 숨어 있다. 현지인들과 마찰은 최대한 피하는 게 좋다.

"두 조로 나눈다. 좌우로 흩어져."

탐사대는 둘로 나뉘었다. 다들 잡담을 나누면서 어둠 속으로 걸어갔다. 공기가 습하고 답답한 것만 빼면 산책 수준인 임무였다.

"드래곤이란 대단한 놈들이군. 브레스 한 번으로 이 정도 깊이의 협곡을 만들다니."

탐사대원이 하늘을 쳐다보며 말했다. 협곡으로 좁아진 하늘은 한 줄기 빛이었다.

"그 정도가 아니라면 우리가 그토록 두려워할 필요도 없겠지. 오기 전에 드래곤 화석은 봤어?"

"얼핏 봤지. 정말로 고대의 화석인가?"

"연구진 말로는 최소한 10여 년 전에 나타났던 드래곤은 아니라고 하더군."

"드래곤이 지구 생물체라도 된다는 소리인가."

"그거야 샌님들이 알아낼 문제지."

탐사대원은 한참을 걷다가 숨을 돌렸다. 그들은 주위를 두리번거리다가 볼록 튀어나온 바위에 앉았다.

"옛날에 무릎에 화살을 맞은 뒤로는 조금만 걸어도 쑤신단 말이야."

탐사대원이 무릎을 주무르며 말했다. 농담 같은 말이지만, 드래곤 군단은 고전적인 병기를 사용한다. 화살을 맞아서 죽는다는 우스갯소리가 지금 시대에는 농담이 아니다.

"엄살 피우지 말고 일어나. 반대편 조는 탐색이 끝났다더군."

동료의 재촉에 탐사대원이 일어섰다. 그가 바위를 짚는 순간, 손끝이 따끔했다. 날카로운 바위 모서리에 손가락이 베였다.

"네가 재촉하니까 괜히 헛짚었잖아."

탐사대원은 피가 흐르는 손가락을 입으로 쭉 빨았다.

그르륵—

탐사대원은 동작을 멈췄다. 무슨 소리가 들렸다.

"무슨 소리 들리지 않았어?"

"아까부터 왜…… 흡."

말을 잇지 못했다. 새카만 그림자가 탐사대원을 통째로 삼켰다. 탐사대원은 반항도 못하고 빨려 들어갔다.

까득, 까득. 콰직, 콰직.

살과 뼈가 갈리는 소리가 났다. 피 냄새가 짙게 풍겼다.

"아, 아."

남은 탐사대원은 헤드라이트를 최대로 올렸다. 땅을 파헤치고 거대한 벌레가 몸을 일으켰다. 입이 얼굴의 절반을 차지했고, 이중 턱에는 톱니 이빨이 수백 개가 솟아나 있다. 성인 남성 정도는 단번에 삼킬 수 있는 크기였다.

"키이이."

벌레는 기괴한 소리를 냈다. 신선한 피 냄새가 벌레를 잠에서 깨웠다. 게걸스레 탐사대원을 집어삼킨 벌레는 아직도 굶주렸다. 10여 년을 동면으로 보냈다. 벌레에게는 먹이가 더 필요했다.

"데스웜?"

탐사대원의 마지막 말이었다. 데스웜이 그를 통째로 집어

삼켰다. 톱니 같은 이빨이 유연하게 움직이더니 사람을 통째로 갈았다. 순식간에 핏물과 살만 발라먹고 뼈다귀를 밖으로 내뱉었다.

딱, 딱, 딱.

데스웜이 이빨을 떨면서 주위를 둘러봤다. 발달한 후각을 이용해 냄새로 환경을 파악했다.

"키이잇."

데스웜은 협곡 아래에 도달한 인간들의 흔적을 찾았다. 희미한 살 냄새가 났다. 아직도 그는 굶주렸다. 10년의 굶주림은 인간 하나둘로 해결되지 않는다.

투둑투둑.

데스웜의 몸에서 각질이 떨어져 나갔다. 10여 년 전에 몸뚱이의 절반이 잘려 나가는 부상을 입었다. 협곡 아래로 떨어진 데스웜은 생존을 위해 신진대사를 멈추고 동면을 취했다. 신진대사를 죽음에 가까운 영역까지 낮추고, 사냥감이 오기만을 기다렸다.

꾸둑꾸둑.

데스웜의 하반신이 점점 자라났다. 먹은 영양분을 즉시 살로 바꿨다. 비정상적인 재생 능력이었다. 자라나던 하반신이 멈추면서 살점 끝자락이 꿈틀거렸다.

악몽의 벌레가 바닥을 기었다. 곧 다른 대원들의 비명 소리가 이어졌다.

지상의 야전 지휘 막사는 혼란스러웠다. 협곡으로 내려간 탐사대와 교신이 끊겼다. 마지막 교신은 비명 섞인 외침이었다.

지휘부는 발굴대를 철수시키고 상황을 지켜봤다. 모든 지휘관이 모여들었다. 이한도 그 틈에 섞여 있었다.

"에어비트를 보냈다. 지금 영상이 나올 거야."

총지휘자인 아짐 대위가 말했다. 막사 가운데에 영상이 투사됐다. 군사용 로봇 드론, 에어비트가 어둡고 좁은 협곡 아래를 내려갔다. 탐사 장비를 매단 에어비트는 원격 조종으로 움직였다. 에어비트의 랜턴이 켜졌다.

"거기서 멈춰."

에어비트가 미미하게 진동하며 정지했다. 흐릿하던 영상이 또렷해졌다.

"핏자국이다."

막사 안이 술렁였다. 명백한 습격이었다. 무수한 추측이 일었다.

"시체는 어디에 있는 거지?"

에어비트는 협곡 밑바닥을 계속 돌아다녔다. 부러진 뼈의 잔해들이 보였다. 찢어진 옷가지와 장비들도 있었다.

"뼈와 장비만 남았어. 살만……."

살만 발라내고 남은 뼈다귀 같았다. 여러 의미로 소름 끼치는 증거였다. 인간이 아닌 괴물의 소행이다. 모두의 시선이 이한에게 향했다.

기본적으로 대미니언 작전은 사이커 팀이 맡는다. 하지만 어지간해서는 전면전을 피하는 게 좋다.

"아크에 지원을 요청한다. 사이코 프레임이라도 투입하면 되겠지."

정체를 알 수 없는 미지의 존재가 협곡 밑바닥에 있다. 가장 안전한 방법은 협곡을 통째로 무너뜨리거나, 미니언 따윈 위협도 못하는 병기를 투입하는 거다.

"잠깐만요."

누군가가 영상을 보며 말했다. 어두운 협곡 끄트머리에서 무언가가 꿈틀거렸다. 에어비트가 점점 가까이 접근했다.

"번데기?"

진득한 액체가 흘러내리는 번데기였다. 집 한 채만 한 번데기가 규칙적으로 흔들렸다. 그 안에서 무언가가 숨 쉬는 듯했다. 몇몇 군인의 표정이 굳었다.

"데스윔이다. 당장 지원을 요청……."

영상이 흔들렸다. 번데기가 쩍쩍 갈라졌다. 그 안에서 철판을 긁듯이 끔찍한 소리가 들렸다.

"나온다."

번데기에서 무언가가 튀어나왔다. 데스웜은 지네처럼 다리 수십여 개를 달고 나왔다. 갈고리처럼 끝이 날카로운 다리는 협곡을 긁고 올라오기에 충분했다.

파직!

데스웜이 에어비트를 집어삼켰다. 화면이 지직거리면서 꺼졌다. 막사에 있던 군인들이 침음을 흘렸다.

"전투 대원은 모두 무장해라. 서둘러."

상황이 긴박하게 돌아갔다. 예상 밖의 적이었다. 흩어지는 군인들 사이로 이한이 빠져나왔다. 그는 데스웜에 대한 정보를 전송받았다. 분대 텐트까지 이동하면서 내용을 훑어봤다.

'데스웜, 인육 믹서기라고 불리는 괴수급 미니언. 특이점으로는 번데기를 통한 진화. 3단계까지 이르면 비행 능력까지 얻는다……. 1, 2단계에서 제압하지 못하면 비약적으로 잡기가 어려워지겠군.'

이한은 필요한 정보만 눈에 담았다. 현재 데스웜은 2단계 상태다. 지네 다리가 돋아나고 외피가 딱딱해졌다. 어쭙잖게 총화기로 공격했다가는 도탄만 날 뿐이다.

"장비를 챙겨. 공중전 B형 장비도."

이한은 텐트에 들어가자마자 분대원들에게 말했다. 다들 이미 장비를 주섬주섬 착용 중이었다. 이한의 말에 다들 추가로 갈고리 총과 에어비트를 한 기씩 더 챙겼다.

"데스웜이라면서?"

"2단계면 지네형이겠군."

"수업 시간에 졸진 않았나 봐."

농담이 잠깐 오갔다. 이한은 반장갑을 착용하곤 갈고리 총을 등에 짊어 맸다. 케이블과 회전 모터가 담긴 갈고리 총이 무거웠다. 기동성 때문이라도 어지간해서는 들지 않는 장비다.

─아직 우린 후방 대기야.

사일런스가 이한에게 다가왔다. 이지 분대에게 떨어진 명령은 대기. 군인들이 자력으로 데스웜을 잡으려는 모양이다. 그들은 3학년이 분대장인 이지 분대를 신뢰하지 않았다. 3학년들의 희생이 생기는 걸 최대한 피하는 결정을 했다.

"대기라고?"

이한은 자신의 단말기를 바라봤다. 그의 눈동자는 복잡함이 교차했다.

'아짐 대위도 다 생각이 있을 터. 하지만……'

이한은 불안한 눈이었다. 현재 지휘관인 아짐 대위의 생각을 읽기가 힘들었다. 아짐 대위가 어떤 사람인지 이한은 모른다. 그의 능력도 성격도 파악하지 못했다.

'정말로 자력으로 데스웜을 잡아낼 자신이 있는 건가, 아니면 단순히 나를 믿지 못해서 후방으로 뺀 건가. 만약 자신도 없으면서 나를 빼놓은 거라면……'

이한은 머리를 절레절레 흔들었다.

"일단 명령에 따르자, 한."

사이먼이 말했다. 이한은 고개를 끄덕였다. 현지 군인들이 이지 분대 곁을 지나쳤다. 그들은 불만스러운 얼굴로 이지 분대를 쳐다봤다. 그들의 눈동자에는 경멸이 깃들었다.

"저 눈은 뭐야? 우리가 싸우기 싫어서 안 싸우는 줄 아나."

크누트가 외치듯 말했다. 이한이 크누트를 진정시켰다.

"그만둬, 크누트. 지금 지나간 사람들…… 다신 보지 못할지도 몰라."

데스웜은 괴수급 미니언이다. 군대라도 희생 없이 퇴치하는 건 불가능하다.

'아짐 대위도 어느 정도 희생을 감안하고 짠 작전이겠지.'

현재 이지 분대를 제외하고 작전이 진행됐다. 협곡 근처를 군인들이 포위했다. 어디서 데스웜이 튀어나올지 모르기에 포위망은 넓었다.

'중화기로 데스웜을 저지하고, 협곡 아래로 떨어뜨리는 건가. 아크의 추가 지원을 기다리는 작전이로군.'

이한은 단말기를 통해 현재 상황을 확인했다. 그는 아짐 대위의 의도를 대충이나마 읽어냈다.

'최소한의 희생으로 결판을 내는 작전이다. 데스웜을 당장 잡아내는 게 아니야. 데스웜이 추가 영양 섭취를 못하면 3단계로 넘어가지 못한다. 그걸 노린 거군.'

나쁘지 않은 작전이라고 이한은 생각했다. 자신이 아짐 대위 입장이라도 똑같은 판단을 했을지도 모른다. 괜히 퇴치를 목적으로 욕심을 냈다가 3학년 사이커를 잃거나, 군인들이 잡아먹혀서 3단계로 빨리 이행된다면 큰 손해를 본다.

'근래 아크에서는 2세대 손실이 컸다. 안전이 확보되지 않으면 2세대를 투입을 삼가라는 상부 지침이라도 있는 거겠지.'

이한을 제외한 분대원들도 초조한 듯했다. 다들 전투가 무서워서 꺼리는 타입은 아니다. 이번 대기 명령에 불만이 있는 건 모두가 마찬가지다.

"곧 우리가 필요해질 거다. 내가 순순히 기다리는 건 그것 때문이야."

사이먼이 조용히 말했다. 이한이 힐끗 그를 쳐다봤다.

"우리가 필요해지는 상황은 없는 게 나아."

"당연히 그렇겠지. 하지만 자신들의 힘만으로 불가능하다는 걸 느낀다면 우리를 부를 거야. 그때까지 기다리면 돼. 데스웜이든 지렁이든 제대로 찢어주지."

이한은 사이먼의 상태를 살폈다.

'사이먼이 과도하게 흥분했어. 전투 열의가 평소보다 넘친다. 자칫하다가 냉정함을 잃고 무리할지도 몰라.'

이한은 작전이 개시되면 사이먼을 위험한 역할에서 빼야 한다고 생각했다. 사이먼은 불같은 성격과는 다르게 전투에서는 언제나 침착했다. 하지만 오늘만큼은 사이먼에서 그런 침착함은 기대하지 못할 듯했다.

'크누트를 앞세우고, 사일런스로 숨통을 끊는다.'

이한의 머릿속에는 가상의 데이터를 바탕으로 전술이 수립됐다.

협곡을 포위한 군인들은 데스웜을 기다렸다. 좁은 협곡 안에서 데스웜과 싸우는 건 자살이나 똑같다. 그들은 절벽 위에서 데스웜이 올라오길 기다렸다.

'제발 올라오지 마라.'

다들 똑같은 생각이었다. 데스웜이 올라온 지점의 군인들은 분명히 죽는다. 희생을 각오한 포위망이다.

"후우, 후우."

딱. 딱. 딱.

데스웜이 턱을 떠는 소리가 났다. 이중 턱이 움직일 때마다 흔들리면서 소리가 났다. 그 소리는 점점 가까워졌다. 절벽을 기어오른 데스웜이 상체를 드러냈다.

"쏴!"

데스웜은 순식간에 바짝 엎드리며 몸을 말았다. 공벌레처럼 외피만 밖으로 드러냈다.

투두두두두!

데스웜이 땅바닥을 구르며 군인들을 덮쳤다. 좁은 틈 사이로 군인을 잡아채서 입안으로 집어넣었다. 살점이 갈리면서 군인들이 데스웜에게 잡아먹혔다. 산 채로 인간이 갈리는 모습은 공포스러웠다. 보는 이가 전의를 상실할 정도였다. 현지 군인들은 얼어붙어서 총조차 제대로 쏘지 못했다.

"괴, 괴물이다! 도망가!"

현지 군인들이 이탈하면서 포위망에 구멍이 생겼다. 데스웜은 등을 돌리는 군인들을 먼저 쫓아갔다. 온갖 중화기가 데스웜을 두드렸지만, 부서진 외피는 금방 회복됐다.

'지금 장비로는 힘들다.'

지금 군인들 무장은 대괴수용 장비가 아니다. 화력이 부족했다. 괴수가 상대라면 적어도 기계화 부대라도 끌고 와야 대등하다.

콰직!

"키이익!"

데스웜이 현지 군인들을 집어삼켰다. 몸집이 눈에 띄게 커졌다. 먹는 즉시 몸이 부풀어 올랐다. 외피는 뻣뻣하게 늘어지면서 몸을 감쌌다.

'점점 더 강해진다.'

데스웜의 무서운 점이다. 전쟁 당시에 데스웜 무리가 발견되면 무자비한 폭격으로 끝장을 냈다. 데스웜이 도시나 민가를 덮쳐서 성장하면 걷잡을 수 없이 강해진다. 설사 민간인이 있더라도 폭격을 했다. 그만큼 잡을 시기를 놓치면 안 되는 부류의 괴수다.

지휘관 아짐 대위가 전황을 직시했다. 이대로라면 아크의 지원이 오기 전까지 버티지 못한다. 무의미하게 군인들이 죽어 나갈 뿐이다.

'데스웜을 막아야 할 저지선은 이미 지났다.'

군인들이 데스웜을 저지하는 순간은 절벽에 올라오기 직전이었다. 그 타이밍을 놓쳐 버렸다.

"이지 분대 작전 개시. 독립 행동을 허가한다."

아짐 대위가 통신기에 대고 말했다.

'하지만 사이커 팀이라도 가능할까. 그쪽도 대괴수전 장비가 아니야. 기껏해야 드래곤제 무기…….'

다른 방도가 없었다. 더는 부하들이 허무하게 죽어 나가는 걸 볼 수 없다.

─이지 분대, 행동 개시합니다.

조용한 음성이 지휘실에 퍼졌다. 몇몇은 안도의 한숨까지 내쉬었다.

'10살짜리들에게 이 상황을 맡기는 게 안심된단 말인가, 머저리들.'

아짐 대위는 그렇게 생각하면서도 말로 내뱉진 않았다. 현실을 직시하자면, 저 10살짜리들에게 인류의 미래가 달렸다. 그에 비하면 이런 데스월 퇴치는 사소한 일이다.

"우리 차례로군."

사이먼이 기다렸다는 듯이 몸을 일으켰다. 이한은 앞으로 걸어가며 손짓을 했다. 그는 생각해 둔 역할 분담을 말했다.

"나와 크누트가 어썰터로 시선을 끈다. 사이먼은 서포터. 사일런스는 스트라이커."

분대원들은 이해했다는 의미로 고개를 끄덕였다. 합리적인 역할 배분이었다. 분대 역할은 상황과 분대원 조합에 따라 늘 변한다. 현재 상황에서는 지금 역할이 어울렸다. 사이먼을 제외하면 서포터를 맡을 사람이 없으며, 스트라이커로는 이한보다 뛰어난 사일런스가 있다.

"가자, 이지 팀."

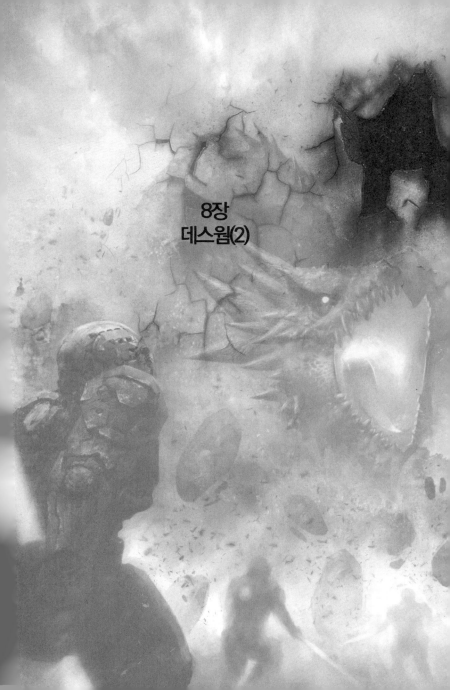

8장
데스윔(2)

이한이 앞장서며 뛰어나갔다. 전장까지는 코앞이었다. 모래에 몸을 반쯤 파묻은 데스웜이 활개를 쳤다. 톱니 이빨에 흐르는 핏물은 지워지지 않았다.

"휘유, 화면보다 훨씬 큰데? 위압감이 장난 아니야."

크누트가 휘파람을 불며 말했다. 그의 이마에 식은땀이 흘렀다. 크누트가 거대 미니언과 조우하는 건 처음이다.

"크누트, 왼쪽. 내가 오른쪽."

이한은 크누트의 상황을 신경 써줄 여유가 없었다. 대체할 인원이 없다. 크누트는 훌륭하게 메인 어썰터 역할을 해야 한다.

'나는 여차하면 스트라이커 역할도 수행한다.'

이한은 크누트와 사일런스의 중간 역할이다. 크누트가 위험하면 어썰터로 움직이고, 사일런스처럼 틈을 노려 일격을 꽂아 넣기도 해야 한다. 이한은 냉철한 판단력으로 상황에 맞춰서 움직였다.

"배를 노려. 외피에는 타격을 주지 못해."

이한이 말했다. 크누트는 인상을 찌푸렸다.

"알고 있어! 하지만 이 자식 자세가 너무 낮아!"

크누트가 가까스로 데스웜의 돌진을 피해서 점프했다. 거기에 맞춰서 에어비트가 허공으로 이동했다. 크누트는 에어비트를 밟고 이중으로 점프하며 데스웜에게서 벗어났다. 현재 전장을 돌아다니는 에어비트들은 사이먼의 통제하에 있다. 크누트와 이한의 부족한 기동력을 에어비트로 보조했다. 멀리서 보면 공중을 걸어 다니는 것 같았다.

'역시 사이먼이다. 완벽한 타이밍이다.'

사이먼은 귀신같이 필요한 자리로 에어비트를 움직였다. 크누트와 이한은 자신이 에어비트를 조종하는 듯했다.

딸칵.

이한은 무의미하게 탄창을 하나 다 썼다. 소총으로는 어림도 없었다. 괴수급으로 분류된 미니언은 소총이 먹히지 않는다.

'어떡하지.'

"입안에 유탄을 먹여! 죽이라고!"

쓰러진 군인 중 누군가가 외쳤다. 이한은 전투 조끼에서 수류탄을 뽑아 던졌다. 보통 군인이라면 던질 각도가 나오지 않는다. 하지만 이한은 사이커다. 염동력을 이용해 수류탄을 정확하게 데스웜의 입안에서 터뜨렸다.

콰― 앙!

핏물과 살점이 튀었다. 자글자글 익어가는 연기가 보였다. 머리가 반쯤 날아간 데스웜이 온몸을 비틀었다. 몸이 잘린 지렁이 같았다. 꿈틀거리던 데스웜의 머리가 새롭게 자라났다. 아까와 달리 단단한 각질이 뒤섞인 머리였다. 입안까지 외피가 돋아났다.

'외부 도태압(Selection pressure)에 의한 고속 변화.'

지휘 본부에서 상황을 지켜보던 연구진이 중얼거렸다. 데스웜은 빠르게 진화하고 변화한다. 한 세대 안에서 변이가 급격하게 이루어진다. 대신 진화와 변화가 많아질수록 수명이 짧아진다. 3단계 최종 진화한 데스웜은 48시간 후면 죽는다. 죽기 전에 알을 뿌리는 행동은 바퀴벌레와도 닮았다.

―어설픈 공격은 두 번 통하지 않아. 가능할 때 확실하게 대미지를 줘야 한다.

이한은 지휘 본부의 통신을 들었다. 데스웜의 정보에서 이해가 안 가는 단어와 내용이 많았다. 이제야 이한은 그 의미들을 알았다. 공격이 실패하면 데스웜은 더 강해진다.

'제기랄, 좀 쉽게 써두지.'

이한은 갑주를 두른 듯이 단단해진 데스웜을 바라봤다.

데스웜은 이지 분대가 쉬운 상대가 아니라는 걸 깨달았다. 이미 한 방을 제대로 먹었다. 손실된 에너지를 다른 데서 보충해야 한다고 판단했다.

콰아아아!

데스웜이 등을 돌리더니 다른 군인들을 습격했다.

'막아야 해.'

데스웜은 먹이를 섭취할수록 더 강해진다. 빈틈을 노리던 사일런스가 움직였다. 도망가는 데스웜의 시선을 다시 끌어야 한다.

위잉.

사일런스가 데스웜에게 접근했다. 놈의 머리 부분에 칼을 휘둘렀다. 외피를 반쯤 쪼갠 칼날이 멈췄다. 외피와 뼈를 동시에 베는 건 힘들었다.

'벌레 주제에 뼈가 있어.'

사일런스가 인상을 찌푸리며 블링크를 사용했다. 거리를 벌리면서 데스웜 주변을 벗어났다.

─사일런스, 밑을 노려. 상체와 하체가 색이 달라. 아마 하

체는 재생한 지 얼마 되지 않았을 거야.

이한이 통신을 보냈다. 사일런스가 눈동자가 굴리며 데스웜을 훑어봤다. 이한의 말대로였다.

'미미하지만 차이가 있다. 하체가 더 연해. 외피가 아직 제대로 굳지 않았어.'

사일런스는 데스웜의 꼬리 부분을 공격하려 했지만 반항이 거셌다. 누군가가 데스웜의 시선을 분산해야 한다.

─잘라내려면 한 번에 잘라야 해. 어중간하게 상처를 입히면 더 강해져. 크누트와 내가 정면으로 들어간다.

군인들을 삼키러 가던 데스웜은 사이커 부대를 떨쳐 내지 못했다. 이지 분대의 집요한 공격이 데스웜을 자극했다. 데스웜은 시야에서 걸리적거리는 크누트와 이한을 쫓았다.

"너무 멀리 떨어지지 마!"

이한이 말했다. 데스웜에게서 도망치는 게 아니라 시선을 끄는 게 목적이다. 무의미한 총탄을 낭비하면서 움직이는 것도 그 때문이다.

"알아."

크누트는 서서히 숨이 차올랐다. 데스웜의 앞발은 낫처럼 기괴하게 길고 날카로웠다. 크누트의 발 뒤로 발톱 자국이 푹푹 찍혔다.

'데스웜의 움직임을 막아야 해.'

뒤로 뛰던 크누트가 걸음을 멈췄다. 그가 드래곤제 창을 꺼내 들었다.

"죽어!"

크누트가 정면으로 달려들었다. 창으로 데스웜을 턱을 쑤셨다. 동시에 데스웜의 발톱이 크누트의 팔을 찍었다. 크누트가 비명을 질렀다.

푸직!

크누트의 팔이 기괴하게 꺾였다. 발톱에 찍혀서 살이 너덜너덜했다. 쥐고 있던 창을 놓치고 주춤거렸다. 이한이 재빨리 크누트를 걷어차듯 밀었다. 시선 끌기는 성공적이었다.

'간다.'

사일런스가 뛰었다. 데스웜은 턱에 박힌 창 때문에 발버둥쳤다. 재생 능력이 뛰어나도 몸에 박힌 창을 밀어낼 방법은 없다. 턱만 아래위로 격하게 흔들 뿐이었다.

위잉, 위잉.

블링크를 연속으로 사용하면서 데스웜의 옆에 붙었다. 데스웜의 꼬리가 좌우로 크게 흔들렸다. 사일런스는 블링크를 연거푸 사용하며 데스웜의 꼬리를 피해냈다. 범위가 넓어서 도약만으로는 회피가 힘들었다.

'찰나를 노려야 해.'

사일런스의 안광이 짙어졌다. 요동치는 데스웜의 꼬리. 연한 외피 사이로 칼을 빠르고 정확하게 휘둘러야 한다. 정확도와 스피드, 그 둘 중에 하나라도 부족하면 베지 못한다.

고도의 집중력을 발휘했다. 사일런스에게는 동물적인 지각 능력이 있다. 순간적으로 주위가 느려진 듯한 착각이 들었다.

'지금이다.'

촤악!

사일런스가 두 자루의 칼로 데스웜의 허리를 베어냈다. 연한 외피 틈을 노려서 척추까지 동시에 절단했다. 핏물이 분수처럼 튀었다. 데스웜의 잘려 나간 하체가 혼자 날뛰며 파닥였다.

"끼이이이이이이—!"

끔찍한 괴성이었다. 데스웜은 핏물을 철철 흘렸다. 재생한 지 얼마 되지 않은 하체가 또다시 잘려 나갔다. 데스웜은 잘린 하체를 쫓아서 기었다.

"하체를 다시 붙일 생각이야! 막아야 해!"

크누트가 외쳤다. 그는 뒤로 빠져서 회복에 집중했다. 눈동자가 초록색으로 빛나면서 너덜너덜해진 팔의 살점이 재생됐다.

부우우우웅!

아크의 군인이 상황을 파악하고는 군용 트럭에 탔다. 그는 속도를 높이며 세차게 밟았다. 군용 트럭으로 데스웜을 하체에 들이박아서 협곡 밑으로 밀어낼 생각이었다.

콰앙!

군용 트럭과 충돌로 인해 하체가 협곡 아래로 떨어졌다. 데스웜은 분노하며 군용 트럭을 발톱으로 찍었다. 폭발이 일어나면서 군용 트럭이 터졌다. 안에 타고 있던 군인은 새카맣게 타오르며 튕겨 나갔다.

"끄, 끄, 끄, 끄!"

데스웜은 턱에 박힌 창 때문에 입을 제대로 다물지 못했다. 창날부터 몸통까지 드래곤 뼈라서 부러지지도 않았다. 데스웜은 고통으로 신음하며 분노를 표출했다.

"해낸 건가!"

사이먼은 지친 얼굴로 말했다. 뒤에서 사이킥만 사용했지만, 서포터는 엄청난 집중력과 체력이 요구된다. 그가 실수하면 이한과 크누트가 죽는다.

꾸물꾸물.

데스웜은 체구를 줄여가며 잘린 꼬리를 재생했다. 놀랍게도 데스웜은 자신의 앞발로 창에 꿰인 턱을 도려냈다. 체구를 줄여가면서까지 몸을 완전하게 만들었다.

눈으로 보고도 믿기 힘든 재생 능력이었다. 갓 재생된 몸통은 아직 단단하게 여물지 않았다. 체구가 작아진 만큼 힘도 약해졌다. 데스웜은 도주를 시도했다.

끼릭끼릭.

데스웜의 다리가 땅을 짚어가며 움직였다. 어지간한 차량보다 더 빨랐다.

"사일런스!"

마지막 마무리 일격. 이때를 대비한 스트라이커 사일런스다. 이한이 사일런스에게 외쳤다.

움찔.

달려가던 사일런스의 몸이 휘청였다. 블링크를 사용하려하자 코피가 흘러나왔다. 데스웜의 하체를 잘라내는 과정에서 블링크를 무리하게 사용한 탓이다. 지금 그에겐 잠시라도휴식이 필요했다.

위- 잉!

사일런스가 무리하여 블링크를 사용했다. 데스웜이 가까워졌지만 몸이 심하게 흔들렸다. 2번은 더 사용해야 데스웜에게 닿을 수 있다.

'해내야 해.'

사일런스를 비롯해 아크의 소년들은 자신의 역할에 충실하도록 교육을 받았다. 세뇌에 가까운 사명감과 책임감이 전투에서 움직이는 원동력이다. 그런 사명감을 주입받지 않았다면 어린 나이에 전장에서 움직이는 건 불가능하다.

이한의 눈동자가 가늘어졌다. 그는 사일런스의 상태를 눈치챘다. 사일런스는 상당히 지친 상태였다.

'내가 해야 한다. 사일런스는 지쳤어.'

철컥.

이한은 데스웜이 더 멀어지기 전에 달려 나갔다. 그는 등에 짊어진 갈고리 총을 꺼내 들어서 조준했다.

투- 캉!

폭발하는 듯한 소리가 퍼졌다. 케이블이 달린 갈고리가 거세게 뻗어 나갔다. 아슬아슬하게 데스웜의 등에 박혔다. 갈고리 끝이 펼쳐지면서 단단하게 고정됐다.

쏴악!

데스웜이 이물질을 느끼곤 더욱 몸부림쳤다. 이한은 갈고리 총을 단단히 붙잡고 케이블을 감았다. 모터가 돌아가면서 케이블이 수납공간으로 들어갔다. 이한과 데스웜의 거리가 급격하게 가까워졌다.

위이이이이잉!

이한이 땅바닥으로 질질 끌려갔다. 이한은 어지러운 시야 사이로 허공에 떠 있는 에어비트 몇 기를 발견했다. 이한의 의도를 눈치챈 사이먼이 에어비트를 움직여서 공중으로 길을 만들었다.

탁!

이한은 땅을 박차며 에어비트를 잡았다. 팔 힘만으로 몸을 일으켜서 징검다리처럼 앞으로 전진하는 에어비트들을 차례 대로 밟았다. 케이블이 감기는 속도를 에어비트가 따라잡지 못했다. 하지만 이제 데스웜은 코앞이었다.

좌악!

이한은 창을 펼치듯 뽑았다. 고속으로 감기던 케이블을 놓으며 점프했다. 그가 데스웜의 등에 올라탔다.

"죽어라."

착지한 이한이 중얼거리며 눈을 빛냈다. 핏물이 이마에서 턱까지 뚝뚝 떨어졌다. 이동하는 와중에 여기저기 부딪히고 긁혀서 엉망이었다.

콰— 직!

이한은 데스웜의 등에 창을 박아 넣고 위로 내달렸다. 열어진 등껍질이 창날에 베여 갈라졌다. 핏물이 자욱하게 흩어졌다. 이한은 손아귀가 저려서 당장에라도 창을 놓고 싶었다. 하나 틈을 주면 데스웜은 금방 회복한다.

'한 번에 끝내야 해.'

이한은 이로 수류탄 핀 몇 개를 뽑았다. 수류탄들을 데스웜의 찢어진 하체 안으로 쑤셔 넣었다. 이한은 상체 방향으로 몸을 던지면서 창을 데스웜의 머리 쪽에 꽂았다.

콰콰쾅!

연속 폭발이 일어나면서 데스웜의 하체는 또 한 번 박살 났다. 이한은 데스웜 등에 바짝 엎드려서 폭발을 버텨냈다.

데스웜은 이제는 재생하기 힘들 정도로 체구가 작아졌다. 새로운 먹이를 먹지 않으면 죽을지도 모른다.

"하! 죽어라! 망할 것!"

약해진 데스웜을 향해 총격이 이어졌다. 숨어 있던 현지 군인들이 신이 나서 사격을 개시했다. 그들은 데스웜에게 붙은 이한이 폭발로 죽은 줄 알았다. 이한의 팔뚝에 총알이 스쳐 갔다.

푹! 푹!

데스웜의 몸에 총알이 박혔다. 외피를 굳히지 못할 만큼 쇠약해진 상태였다.

'안 돼, 도망가!'

이한은 현지 군인들을 보며 외치고 싶었지만 목구멍에 피가 고여서 말을 잇지 못했다. 데스웜은 총알을 맞으며 앞으로 나아갔다. 마지막 힘을 다해 도약하며 군인들을 덮쳤다.

"끄아아아악!"

데스웜이 또다시 먹이를 섭취했다. 군인 3명을 순식간에 먹어 치운 데스웜은 몸을 일으켰다. 멎어가던 재생이 다시 시작됐다. 외피가 까칠까칠해지며 단단해졌다. 온몸에 박힌 탄두가 밖으로 튀어나왔다.

미니언과 교전 경험이 없는 현지 군인들의 실책이었다. 그들은 데스웜이 약해진 기회를 노렸지만, 오히려 데스웜이 회복하는 기회를 줬다.

"빌어먹을 아마추어들!"

아크의 군인들이 외쳤다. 그들이 보기에 데스웜은 거의 죽기 직전이었다. 조금만 더 기다렸다면 이지 분대가 완벽하게 마무리를 했을 터다.

―이지―1, 응답해라. 살아 있나?

이한은 피가래가 섞인 기침을 내뱉었다. 그는 데스웜의 등에 붙어서 간신히 대답했다.

"아직까진."

이한은 정말 죽을지도 모른다는 생각을 했다. 데스웜이 주위 군인들을 먹어 치우는 데 정신이 팔려서 등에 붙은 이한을 무시했다. 배가 불러오면 이한을 죽일 터다.

투둑, 투둑.

데스웜의 외피가 가물어진 땅처럼 갈라졌다. 껍질이 툭툭 갈라지는 소리가 머리부터 꼬리까지 퍼졌다. 데스웜의 몸에서 변화가 일어났다.

―당장 자리를 피해라. 이지―1! 3단계다.

군인들을 먹어 치운 데스웜이 몸을 웅크렸다. 이한은 눈을 크게 떴다. 갈라진 등껍질 내부의 눈동자와 마주쳤다.

'벌레 안에 또 다른 벌레가 있어.'

데스웜의 내부에는 새로 구성된 몸이 있었다. 곤충의 눈동자가 이한을 응시했다. 데스웜의 등껍질을 깨부수며 무언가가 뛰쳐나왔다.

파르르르!

3단계 데스웜이 모습을 드러냈다. 두 쌍의 날개를 고속으로 파닥였다. 젖어 있던 날개는 몇 번의 움직임만으로 빳빳하게 굳었다. 데스웜은 20여 초 사이에 변태를 마쳤다. 뱀의 허물처럼 2단계 지네형 데스웜은 투명한 껍질이 되었다.

이한은 3단계 데스웜의 등에 여전히 붙어 있었다. 피할 시기를 놓쳤다. 폭발에 휘말려 마비된 팔다리의 감각이 이제야 돌아왔다.

'이대로라면 놓친다.'

3단계 데스웜의 기동성은 보병으로는 따라잡지 못한다. 아크의 지원이 오기도 전에 데스웜은 막대한 인명 피해를 낼 터다. 거기다가 죽기 전에 알이라도 뿌린다면 끔찍한 일이 벌어진다.

'생각해라.'

이한의 혈압은 많이 떨어졌다. 출혈이 심했다. 머리가 둔해졌다. 그는 등에 박힌 갈고리 총을 바라봤다. 이한은 정신을 집중해 염동력으로 갈고리 회수 버튼을 눌렀다. 넓게 펼

쳐진 십자형 갈고리가 일자로 변했다.

푸욱!

이한은 갈고리를 뽑아냈다. 케이블을 다시 감아서 원상태로 만들었다. 갈고리 총은 몇 번이고 다시 쓸 수 있게 설계된 장비다. 대드래곤전을 상정한 장비라서 무겁고 튼튼하다. 내구성은 신뢰할 만하다.

─그곳을 벗어나라, 이지─1!

지휘부의 외침이 통신기로 들렸다. 어느 정도 기운을 차린 이한이 대답했다.

"아직 방법이─"

대답이 끝나기도 전에 데스웜이 날개를 힘차게 움직였다. 마치 거대한 잠자리 같았다. 데스웜은 공중에서 이한을 떨굴 생각이었다.

이한의 눈동자에서 사이킥 안광이 흘러나왔다. 그는 냉정하고 차분하게 생각했다. 흥분과 당황보다는 지금 할 수 있는 일을 생각했다.

데스웜이 힘차게 공중을 날아올랐다. 이한의 머리카락이 바람이 휘날렸다.

"벌레는 땅바닥에 어울려……."

이한은 판단을 마쳤다. 날개를 잘라내 봐야 금방 재생한다. 이한은 갈고리 총을 데스웜 옆구리에 바짝 붙여서 발사했다.

충격을 받은 데스웜이 포효하며 발톱으로 등을 긁었다. 이한은 좁은 등에서 몸을 굴리며 아슬아슬하게 발톱을 피해 냈다. 그는 케이블을 뽑아서 오른편 날개 2장을 둘둘 감았다.

좌아아!

파닥이던 날개의 움직임이 멎었다. 케이블이 묶인 오른편 날개가 제대로 움직이지 않았다.

"키이?"

날아오르던 데스웜이 추락하며 땅바닥에 처박혔다. 3단계에서 날개를 얻었지만, 그만큼 몸이 가벼워져서 외부 충격에 약해진 상태다. 튼튼하던 지네 다리도 없어서 지상에서 기동력은 훨씬 떨어졌다. 지상에 추락하자마자 데스웜의 전투 능력은 급격하게 감소했다.

"키이이이."

데스웜은 이 모든 게 등에 붙은 인간 때문인 걸 알았다. 날개가 케이블에 묶여서 움직이지 못했다. 그 인간만큼은 죽이기 위해 발톱을 기괴한 각도로 꺾어서 휘둘렀다.

"그건 곤란하지!"

크누트가 누구보다 빠르게 잽싸게 달려왔다. 그는 이한의 목덜미를 잡고 끌어냈다. 이한은 추락의 충격으로 기절했다.

"마무리해!"

크누트가 이한이 끌어내자 사방에서 공격이 이어졌다. 이미 호된 꼴을 본 군인들은 멀리서 총질을 했다. 누더기가 된 데스웜이 땅바닥을 기면서 이빨을 딱딱 떨었다. 먹이만 섭취하면 다시 재생이 가능하다. 하지만 인간은 학습 능력이 있다. 그들은 데스웜을 죽이는 방법을 확실히 알았다. 천천히 말려 죽여야 한다.

"기름통 가져와!"

군인들은 기름통을 발로 밀어냈다. 뚜껑이 열린 기름통이 데스웜까지 굴러갔다. 화염이 데스웜을 휘어감았다. 군인들은 데스웜이 적응할 기회를 주지 않았다. 그들은 불꽃이 꺼지지 않도록 기름통을 연달아 굴렸다.

"죽어라! 괴물 새끼!"

살점 하나까지 남기지 않고 태웠다. 역겨운 냄새가 자욱하게 퍼졌다. 군인들의 얼굴에서는 잔혹한 광기가 흘렀다.

"의료진! 서둘러!"

크누트가 통신기에 대고 말했다. 이한의 상태는 심각했다. 안 그래도 몸이 엉망이었는데 추락하면서 충격을 그대로 받았다. 강화 신체가 아니었다면 죽었을 터다. 이한은 간신히 숨만 몰아쉬었다.

'제기랄, 내 능력을 나눠줄 수 있으면…….'

힐링 팩터를 남에게 사용하는 건 불가능하다. 이미 연구실에서 여러 번 시험했다. 크누트는 의료진이 오기만을 간절히 기다렸다.

"그쪽 지휘관 누구야?"

사이먼이 현지 군인들을 보며 말했다. 희생은 컸지만 데스웜을 잡아냈다. 그들은 승전에 기쁨에 젖어 있었다. 하지만 사이먼의 눈동자는 기쁨이 아니라 노여움으로 가득했다.

이지 분대가 온갖 노력 끝에 다 잡은 데스웜이 현지 군인들의 실책으로 회복했다. 더군다나 그들은 이한이 살아 있는 걸 확인도 안 하고 총을 쐈다.

사이먼은 화가 날 대로 났다.

"닥치고 튀어나와. 그딴 등신 같은 명령을 내린 새끼가 누구냐고!"

쿵!

사이먼이 새카맣게 그을린 기름통을 염동력으로 들어 올려서 내던졌다. 현지 군인들이 사이먼을 향해 총을 겨누었다. 살벌한 대치가 이어졌다. 당장에라도 사이먼과 현지 군인들이 싸울 듯했다.

"그만둬. 그건 나중에 따질 일이야. 시끄러워서 머리가 울리잖아."

눈을 뜬 이한이 말했다. 온몸이 부서질 듯이 아팠지만 움직이는 건 가능했다. 강화 신체를 가진 소년들은 죽지만 않으면 어떻게든 움직일 수 있다. 어찌 보면 사이코 프레임의 부품이나 마찬가지다.

'이런 몸으로 움직일 수 있다니. 나조차도 놀랐어.'

이한은 중얼거리며 상체를 일으켜 세웠다. 이렇게까지 몸이 망가진 적은 처음이었다. 이런 상황에서도 몸이 움직여 준다는 게 놀라웠다.

'생각 이상으로 우린…… 강하다.'

이한이 손가락을 하나씩 움직이며 생각했다.

이한의 제지에도 불구하고 사이먼이 코웃음 쳤다.

"이 미친놈들이 총을 쐈다고! 아군이 살아 있는지 확인도 안 하고! 작전을 망친 것도 모자라서 아군 사격이라니? 너희들이 그러고도 군인이냐?"

현지 군인 쪽에서 반박이 나왔다.

"당연히 죽었을 거라고……."

"지금 죽은 걸로 보여? 빌어먹을 깜둥이 새끼들이 생긴 것만 덜떨어진 게 아니라, 대가리도 덜떨어졌나?"

사이먼이 핏발이 선 눈으로 말했다. 데스윔을 잡아냈음에도 불구하고 팽팽한 긴장감이 흘렀다.

"이 이상은 우리도 참지 않겠다. 경고했다, 사이커."

현지 군인들이 총을 겨누었다.

위— 잉.

지켜보던 사일런스가 현지 군인들의 뒤를 잡았다. 서늘한 칼날이 그들의 목에 닿았다.

—경고. 무장해제. 아니면 죽는다.

사일런스의 헬멧 실드에서 메시지가 깜빡였다. 명백한 협박이었다. 사이먼만 화가 난 것이 아니었다. 사일런스도 분노로 속이 끓어올랐다.

'내가 중요한 순간에 스트라이커를 수행하지 못해서……그 때문에 이한이 죽을 뻔했어.'

현지 군인들이 이한이 살아 있는 것도 확인 안 하고 총을 쏘는 순간, 사일런스는 속이 뒤집어지는 듯했다. 상대가 인간이 아니었다면 진작 목을 따버렸을 터다.

"지금 뭐하는 짓이야!"

아크의 군인들이 끼어들었다. 그들은 현지 군인과 이지 분대를 떼어놓았다. 그들도 어떤 상황인지는 알았다. 명백한 현지 군인들의 실수였다.

하지만 그건 말단들이 싸우며 따질 일이 아니다. 지휘관들끼리 해결할 문제다.

"저 새끼들이 우리를 다 죽일 뻔했다고요!"

사이먼이 항변하듯 말했다. 현지 군인 측에서도 불만이 터져 나왔다. 사이먼의 공격적인 태도는 사과가 아닌 화를 불러냈다. 현지 군인들도 당연히 자신들이 실수한 걸 안다. 하지만 사이먼은 그들의 자존심을 뭉갰다.

'이래서 어린애들이란.'

아크의 군인들이 사이먼을 달래듯 뒤로 끌고 갔다.

"당사자인 이한이 저렇게 가만히 있는데…… 좀 얌전히 굴어라, 사이먼."

사이먼을 달래던 아크의 군인들은 부상을 입은 이한을 힐끔 쳐다봤다.

이한은 감정을 표현하지 않고 조용히 상황을 관망할 뿐이었다. 방금 죽을 뻔한 소년치고는 지나치게 침착했다. 임무는 10번도 수행하지 않았지만 그 태도는 달관한 베테랑 군인 같았다.

'한 가지 좋은 걸 배웠어. 파악되지 않은 아군 전력은 때론 플러스가 아니라 마이너스가 되기도 한다는걸.'

이한은 의료진의 치료를 받으며 중얼거렸다. 그는 언제나 아군이 전력상 득이 되지 않는다는 것, 때론 불확실한 아군은 믿지 않아야 한다는 것을 깨달았다.

이지 분대와 현지 군인들과의 관계는 최악으로 치달았다.

이지 분대는 부상 치료 명목이 아니더라도 철수해야 할 정도였다.

　우우우웅!

　아크의 지원 부대가 도착했다. 사이코 프레임 강화병이 포함된 지원군이었다. 데스웜이 추가로 나타나면 즉시 제압하기 위한 전력이다. 그들은 협곡 밑바닥을 샅샅이 조사했다.

　"이번 데스웜은 전쟁에서 낙오된 개체인가 봐. 우리가 운이 좋지 않았던 거지. 10년이나 가사 상태에서 먹이를 기다리다니. 끈기 하나는 끝내주는걸."

　크누트가 이한 옆에서 사과를 깎으며 말했다. 이지 분대를 데려갈 수송기는 내일 도착한다.

　이지 분대는 외출 금지 명령을 받았다. 현지 군인과 마찰을 피하기 위해서였다.

　"껍질을 너무 깊게 깎았어."

　이한은 사과를 받아 들곤 크누트의 칼 솜씨를 타박했다. 알맹이까지 벅벅 긁어내서 먹을 속살이 없었다.

　-나한테 줘.

　사일런스가 크누트에게서 칼과 사과를 뺏어갔다. 경쾌한 손놀림으로 사과 껍질을 도려냈다. 형광등에 비추면 투명하게 보일 정도로 얇은 껍질이었다.

사일런스는 크누트를 놀리듯 어깨를 으쓱하며 사과를 썰었다.

"사이먼은?"

사과를 우적우적 씹어 먹던 이한이 말했다.

"자기 텐트에서 화풀이 중. 물건 집어 던지고 난리 났어. 2학년 때, 경합에서 기조에게 발렸던 날에도 숙소에서 저랬어."

크누트가 별거 아니라는 듯이 말했다.

-성격 결함.

사일런스가 매몰차게 평가했다.

"하지만 임무 수행 능력은 완벽해."

이한이 사이먼에 대해 후하게 평가했다. 사일런스도 그것만큼은 동의하는 듯했다. 이번 데스윔 전투에서도 사이먼은 실수 하나 없이 완벽하게 역할을 수행했다.

서포터가 사이먼이 아니었다면 이지 분대의 피해는 훨씬 컸을 터다.

-미안. 내가 빨리 나가떨어졌어.

사일런스는 깊게 반성했다. 최고의 전투 대원이라고 꼽히는 사일런스다. 유일한 약점은 전투 지속성이 떨어진다는 점이다. 블링크라는 능력 자체가 체력과 사이킥 소모가 크다.

"다 감안했던 상황이었어."

이한은 사일런스가 체력이 떨어져서 스트라이커를 해내지 못할 경우도 가정했었다. 이한의 능력으로 크누트와 사일런스의 역할을 어느 정도는 대체 가능했다.

'하지만 사이먼은 대체 불가능한 전력이었지.'

이한은 사이먼이 가진 능력을 흉내 내지 못한다. 장시간 염동력을 사용해서 분대원을 보조하는 건 사이먼처럼 강력한 사이커들만 가능하다. 눈에 띄진 않아도 가장 중요한 역할이다.

'이번에도 사이먼이 아니었다면 2번은 더 죽었을 상황이었다. 역시…….'

이한은 이번 분대원 선별에서 자신이 옳았다고 생각했다.

'사이먼과는 전투 궁합이 잘 맞아. 줄곧 생각했었지.'

사이먼에게는 따로 명령을 내릴 필요가 없었다. 이한이 지원이 필요하다고 생각하면, 사이먼은 이미 그걸 행동으로 실천하고 있었다.

그간 전투에서 매번 느꼈다. 사이먼과는 손발이 딱딱 맞아떨어졌다.

'아이러니하군. 예전에 내가 분대원으로 뽑기를 기피했었던 상대가 막상 손발이 가장 잘 맞다니.'

이한은 머리를 긁적였다. 상체를 숙이자 갈비뼈가 흔들리면서 욱신욱신 쓰렸다. 눈물이 찔끔 나올 지경이었다. 전투 흥분이 가라앉으니 온몸이 쑤셔왔다. 조금만 움직여도 죽을 만큼 아팠다.

"으."

이한은 잠시 몸을 숙이곤 꼼짝도 안 했다. 온몸이 저려왔다.

−죽겠지? 온몸에 멀쩡한 뼈마디가 없을 거야.

놀리는 건지 위로하는 건지 모를 말투였다. 이한은 진통제를 두 알 더 먹었다. 독한 약이라서 머리가 핑핑 돌았다.

"명령대로 다들 행동거지 조심하고. 사이먼이 허튼 짓 못하게 잘 보고 있어. 난…… 좀 자야겠다."

이한은 도저히 버티지 못하고 침대에 벌러덩 누웠다. 크누트와 사일런스는 조용히 텐트 바깥으로 나갔다.

이한이 약한 모습을 보일 정도라면 정말 죽을 지경이라는 뜻이다.

"시선이 좋지 않은걸."

크누트가 쏟아지는 시선을 느끼며 말했다. 간간히 지나가는 현지 군인들이 사납게 이지 분대를 쳐다봤다.

이지 분대가 오늘 승리의 주역인데도 그들에게는 환영받지 못했다.

현지 군인들의 피해가 가장 컸다. 사망자들은 시신조차 제대로 남기지 못했다.

-무시해. 앞으로 종종 겪을 일이야.

사일런스는 익숙한 듯했다.

그는 다른 소년들과는 임무 횟수의 자릿수가 다르다. 이런 마찰쯤은 아무것도 아니다.

'하지만 화가 나는 건 어쩔 수 없는걸. 짜증 나.'

익숙하다고 용납하는 건 아니다.

"사일런스, 가끔 생각하는 건데 우린 괴물인 걸까?"

크누트가 사람들을 쳐다보며 말했다. 크누트는 힐링 팩터라는 놀라운 특질을 가졌다. 하지만 혐오스럽고 비인간적인 특질 중 하나다.

데스윌의 재생력과 생명력은 어마어마하지만 보는 이에게 생리적 혐오감을 일으킨다. 크누트의 힐링 팩터도 마찬가지다.

보통 사람이 보기에는 괴물이다. 크누트는 이미 순수파들에게 괴물 취급을 당한 적이 있다. 그 말은 아직도 크누트의 마음 한편에 꽂혀 있었다.

-괴물과 영웅은 종이 한 장 차이다. 그 차이는 타고난 본질이 아니라 후천적 행동이다.

"무슨 뜻이야?"

-'가면레이더' 주인공도 악의 조직에서 태어난 괴물이지만 정의를 위해 싸우기에 영웅이 됐지. 거기서 주인공이 했던 말이야.

"알 듯 모를 듯하네."

-영웅으로 태어난 게 아니라, 영웅처럼 행동하기에 영웅인 거야. 괴물로 태어난 사람은 없어. 괴물처럼 행동하기에 괴물인 거지.

크누트가 고개를 연신 끄덕였다.
"진작 쉽게 설명하지 그랬어? 적어도 난 괴물이 아닌 것 같네."
사일런스는 고개를 끄덕였다. 사일런스는 진짜 괴물을

안다. 옛 아크에서도 초인과 괴물을 구분하지 못하던 시절이
있었다.

초창기 아크 프로젝트는 실패라는 처참한 대가를 지불하
고 깨달았다. 그저 강하기만해서는 또 다른 드래곤을 키우는
것밖에 되지 않는다.

이지 분대는 다음날 철수했다. 이한은 아크의 의료 병동에
서 집중 치료를 받았다.

아프리카에서는 데스웜이 추가로 발견되지 않았다.

안전이 확인되자, 드래곤 유해 발굴 작업은 일사천리로 진
행됐다.

아크에서는 드래곤 소재를 입수함으로 한결 여유를 찾
았다. 이번 발굴로 더 많은 무기와 추가 사이코 프레임 생산
이 가능했다.

"아무리 연대를 가까이 잡아도 최소 백악기의 것으로 추정
됩니다."

연구진의 보고였다. 드래곤 기원의 여러 설이 뒤집히고 새
로운 설이 대두됐다.

'드래곤은 현생 인류 발생 이전부터 존재했다.'

하지만 유일한 증거는 '크로노스'라 명명된 화석뿐이었다.

아크의 수뇌부에는 그런 기원 따위에는 큰 관심을 두지 않았다. 그런 건 다가올 침략을 막아낸 뒤에 실컷 연구해도 충분하다.

당장은 드래곤의 정체가 아니라, 드래곤을 죽이는 방법을 연구하는 게 우선이다.

연구진의 정성 어린 기원설 보고서는 5분 만에 쓰레기통으로 들어갔다.

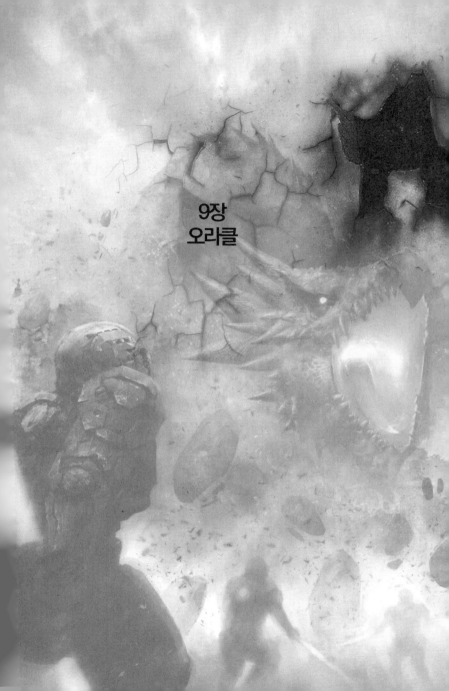

9장
오라클

"사이킥 등급 B, 분대장 적성 A, 스트라이커 적성 B+. 다른 병종은 고려할 필요가 없네. 특기가 확실해서 좋아. 분대장형 무장은 따로 없으니, 스트라이커로 초점을 맞추면 되겠군."

제3기술 팀 치프, 옥토가 말했다. 그는 이한의 프로필을 정리하듯 말했다. 듣고 있던 이한은 고개를 끄덕였다. 아직도 거동이 불편해서 훈련은 중단한 상태다. 의료진의 말로는 절대 안정이 필수라고 했다.

"어떤 식으로 무장을 짜는 거죠?"

이한이 물었다. 옥토는 머리를 긁적였다. 2세대 사이코 프레임 커스텀 무장은 이번이 첫 번째 사례다. 기존 데이터는 전부 1세대의 것이다.

"보통 스트라이커는 경량화하는 편이지. 기동성과 공격력이 생명이니까. 특히 사일런스처럼 블링크 능력자의 사이코 프레임은 외장은 최소화하는 편이야. 몸이 무거울수록 블링크에 걸리는 부담이 심해지니까."

이한은 옥토의 말을 들으면서 아래를 쳐다봤다. 2세대 사이코 프레임은 기본 외장이 끝난 상태다. 옥토의 입맛대로 적당하게 개수됐다.

"당장에라도 착용이 가능한가요?"

"네 몸만 멀쩡했다면 벌써 테스트 들어갔어. 올드맨의 데이터만으로는 정확하게 세팅을 끝내진 못해."

"1세대보다 작네요."

이한이 감상을 말했다. 2세대는 관절부나 움직임에 필요한 부품 숫자가 확연하게 줄었다.

"1세대가 반쯤은 착용이 아니라 탑승한다는 느낌이었다면, 2세대는 확실하게 착용한다는 느낌이지. 기술의 발전이 보이지 않아? 1세대는 10년도 더 지난 것들이야. 지금 내놓기가 부끄러울 정도다."

"그 정돈가요……."

이한은 1세대 사이코 프레임이 오래됐다는 것을 새삼 느꼈다. 대부분 이한이 태어나기도 전에 만들어진 것들이다.

10년이면 첨단선두기술의 세대가 몇 번은 바뀔 시간이다. 언제나 돈이 문제였을 뿐이다.

옥토는 사탕을 입안에서 이리저리 굴렸다. 이한은 한참이나 사이코 프레임을 쳐다봤다.

'앞으로 내가 가지게 될 힘.'

이한은 문득 아크가 두려웠다. 아크도 이한을 두려워한다. 드래곤이라는 천적이 없었더라면, 그 누구도 어린 소년에게 이런 엄청난 힘을 쥐여 주지 않을 터다.

쿠로는 연구소에서 대부분을 시간을 보냈다. 정신적 문제는 많이 나아졌다. 죄책감이 옅어지고, 심리적으로 안정됐다. 유약한 성격은 여전하지만 확실한 동기가 부여되자 의욕은 높았다. 지금까지와는 다르게 적극적으로 자신의 능력을 테스트에 사용했다.

'빨리 친구들이 보고 싶어.'

쿠로는 외로움을 많이 탔다. 친구를 사귀는 데 능하지는 않지만, 고아원에서는 고양이를 친구로 삼을 만큼 혼자 있는 걸 견디지 못하는 성정이다.

"쿠로, 뭐 먹고 싶은 건 없니?"

여자 연구원이 말했다. 이곳 연구원들은 쿠로에게 다정했다. 심리 치료도 겸하고 있기에 연구원들의 언행 하나하나가 쿠로를 향한 배려가 녹아 있다.

'하지만 저건 거짓.'

쿠로도 구분이 가능하다. 입장이나 이해관계가 바뀌면 언제든 안색을 바꿀 사람들이다. 그들에게서는 친밀감을 느끼지 못했다. 꽤 오래 지냈음에도 감정적 교류는 없었다.

"평상시에는 A 상등급이군. 이것만으로도 충분히 대단하지만…… 자의로 S급 발현은 제어가 불가능한 건가."

"실전에서 외부 자극을 받으면 가능하겠지. 감성이 여린 만큼 변동의 낙차도 크니까."

연구원들이 자기들끼리 말했다. 쿠로는 순수파 습격 이후로 사이킥 능력이 비약적으로 상승했다. 막힌 둑이 터지듯이 사이킥을 능숙하게 다뤘다. 어지간한 염동력 전문 사이커보다 염동력이 더 강했다.

"잠재적 S급이라는 건가."

S급의 상징은 눈으로 보일 정도로 밀도 높은 사이킥 에너지다. 보통 그 현상을 사이킥 오라라고 부른다.

'마음만 먹으면 우리들을 모조리 죽일 수도 있겠지. 그럴 애는 아니지만.'

3학년이 된다는 것은 조금씩 아크의 통제를 벗어날 능력을 갖춘다는 이야기다. 아크는 소년들의 성장을 반기면서도 두려워한다.

"조금 지쳤어요. 돌아가도 될까요? 테스트가 더 남았어요?"

"아니, 수고했어. 이제 거의 끝났어. 끝났다는 의미는 오늘 일정이 아니라 전체 일정이 끝나간다는 의미야. 곧 3학년으로 올라갈 테니까."

쿠로의 눈동자가 커졌다. 기쁘면서도 한편으로는 무서웠다.

"3학년이 되면 실전 임무에 투입된다면서요?"

연구원은 부드럽게 웃으며 대꾸했다.

"근래는 예외가 많았지만, 상부에서는 항상 까다롭게 검토하고 나서 너희들을 작전에 투입해. 전력상으로 쉽게 이길 상황에서만 보낸다는 거지. 보통 사고들은 그 예상에서 벗어난 일들이 일어나는 경우야. 사고가 많은 만큼 앞으로 더 신중해질 테니 걱정 마. 특히 S급 사이커는 중요 전력이니, 어떤 상황에서든 사람들이 너를 지킬 거다."

쿠로는 고개를 나직이 흔들었다.

'이제 내가 다른 사람들을 지켜줄 거야. 내겐 힘이 있어.'

그 각오로 아크 잔류를 선택했다. 쿠로도 사내아이다. 강한 남자를 동경한다. 나약한 자신을 이겨내려고 끊임없이 노력했다. 오랫동안 눌려온 성격은 조금씩 변화했다. 자신의 의지로 싸우는 길을 선택했다.

이한은 산책을 나갔다. 이제 몸이 많이 회복되어서 곧 훈련 복귀 예정이었다. 처음에는 산책할 겸으로 나갔지만 몸이 근질근질해서 조깅을 했다. 간만에 몸을 힘차게 움직이니 기분이 좋았다.

"여, 한!"

"몸은 어때?"

지나가는 3학년과 군인들이 안부 인사를 했다. 이한도 많은 사람의 얼굴을 익혔다. 어색하던 이한도 자연스레 3학년들 사이로 녹아들었다.

'언더아크.'

이한은 어디론가 걸어가는 간부들을 보며 생각했다. 일반 병들은 출입 금지 구역이다. 복잡한 길을 지나서 이어진 곳은 언더아크. 아크의 모든 기밀이 모인 곳이다.

이한은 그곳에서 봤던 것을 떠올렸다. 최고 위원회와 아크의 대립도 이해가 갔다. 아크는 분명 위원회에게 숨기고픈 일들이 있을 터다.

"하지만 결국 목표는 같겠지. 방법이 다를 뿐."

이한은 아크의 체제를 신뢰하는 편이었다. 무엇보다 이곳의 군인들은 순수하게 인류를 위해 싸우고 있었다. 그저 조국과 자신의 가족, 아이들을 위해 미래를 지키고자 하는 자들이다. 이한은 그들에게 배울 점이 많다고 생각했다.

'라오차, 해럴드, 슈발츠……'

이한과 교류가 있었던 이들이다. 그들은 좋은 사람이었다.

"후우."

이한은 잠시 벤치에 앉았다. 통제구역으로 오가는 간부들을 구경했다. 그중에 낯익은 인사도 있었다.

"레드 중사?"

레드 중사가 통제 구역을 빠져나왔다. 그의 얼굴은 짜증이 가득했다. 옆에 따라 나온 고위 간부들이 레드 중사를 달래듯 뭐라 말했다.

"닥쳐, 망할 자식들아. 예정보다 훨씬 빠르잖아! 치료 방법도 아직 없는 주제에……!"

"만약 드래곤의 침략이 예정보다 빠르다면? 바하무트의 등장부터 예정에 없던 일이네. 무리를 하더라도 다시 확인할 필요가 있어!"

"누가 발의한 거지? 사령관? 아니면 참모장? 나오라고 그래!"

레드 중사는 심하게 흥분했다. 그는 화를 잘 내는 편이지만 어디까지나 짜증의 선이었다. 진심으로 화를 내는 일은 드물다.

화르르륵!

레드 중사의 몸 주위에서 불꽃이 일었다. 간부들이 화들짝 놀라며 뒤로 물러났다.

"모두를 위한 결정이네, 레드."

레드 중사는 주먹을 불끈 쥐었다. 그는 이를 박박 갈았다. 당장에라도 쳐들어갈 기세였지만 결국 뒤로 돌아섰다.

이한은 그 광경을 지켜봤다. 복잡한 상황이었다.

'레드 중사가 화를 냈어. 상부에서는 어떤 결정을 내렸고, 그 결정이 레드 중사의 심기를 거슬린 거지.'

간부는 레드 중사의 뒤통수에 몇 마디 더 뱉었다.

"정신 차리게, 레드 중사."

뻐- 억!

레드 중사가 간부의 얼굴을 후려쳤다. 그의 눈빛은 매서웠다. 주위에 병사들이 레드 중사를 쳐다봤다. 레드 중사는 조용히 팔을 내밀었다.

"자, 끌고 가. 독방에 며칠 쉬다가 오지."

레드 중사가 한숨을 쉬며 말했다. 코피를 흘리는 간부가 병사들을 제지했다.

"이걸로 그만하지, 레드. 자네의 마음을 이해 못하는 건 아니니까. 가 보게. 맞은 건 없었던 일로 하지."

간부도 보통이 넘는 사람이었다. 사소한 감정적 복수보다는 임무와 대의가 우선이다. 그들은 엘리트 군인들이다.

"쳇."

레드 중사는 의족으로 헛발질을 했다. 그는 뒤로 돌아가다가 이한을 발견했다. 레드 중사의 표정은 당황으로 일그러져 있었다.

"왜 네가 여기 있는 거냐?"

"산책 중이었습니다."

"무슨 산책을 여기까지. 하아, 망할…… 다 봤냐?"

레드 중사는 자신이 추태를 부렸다는 걸 안다. 간부의 말이 구구절절 옳았다. 이미 아크와 자신은 소수의 희생쯤은 당연하게 여긴다. 그런 주제에 개인적 감정으로 '누군가'를 특별 취급하면 안 된다.

'사춘기 소년들이나 할 짓이었어.'

레드 중사는 쓰게 웃었다. 그 꼴을 이한이 봤다고 생각하니 더욱 짜증이 났다.

"주먹이 매섭더군요. 보는 사람이 아플 정도였어요."

이한이 말하자 레드 중사는 고개를 절레절레 흔들었다.

"신경 꺼라. 그나저나 여기서부터는 통제 구역인데……."

레드 중사는 이한이 여기까지 산책 왔다는 게 의구심이 들었다. 정상적인 3학년이라면 여기까지 도달할 일이 없다. 특히나 이한처럼 계획적인 녀석이라면 더욱 그렇다.

'쿠로나 크누트 같은 녀석이라면 실수라도 오겠지만……

이놈은 밥 먹는 것도 실수할 놈이 아닌데…….'

레드 중사는 물끄러미 이한을 쳐다봤다. 무언이지만 의미는 서로에게 닿았다.

"들어가 본 적이 있습니다."

이름은 언급하지 않았다. 언더아크. 레드 중사라면 분명 알 터다.

"대충 어떤 사유 때문인지는 알 것 같군."

레드 중사는 이한에 대한 이야기를 이미 들었다. 최초의 2세대 강화병. 2세대가 사이코 프레임을 사용하는 것은 최초다. 상부에서는 이한의 행동 하나하나에 주의를 기울이고 있다. 아마도 24시간 감시 중일 터다.

레드 중사는 이한을 지나치며 저벅저벅 걸어갔다. 그의 의족이 이한의 눈에 걸렸다.

KILL THE DRAGON

오라클이 깨어났다.

공식 발표가 없어도 군인들 사이에서 소문이 빠르게 돌았다. 3학년들에게는 생소한 이름이었다. 오라클, 제2차 침략을 예언한 사이커. 1, 2세대를 통틀어서 유일한 장기 예지 능력자. 사람들은 모두 오라클이라 부른다.

"오라클이라면 그 예지 능력자? 넌 본 적이 있어? 사일 런스."

식사를 하던 크누트가 말했다. 사일런스는 고개를 좌우로 저었다. 가장 오래된 3학년 중 하나인 사일런스도 오라클을 한 번도 보지 못했다.

"군인들은 깨어났다는 표현을 썼어. 깨어났다는 의미는, 최소한 활동하지 못하는 상태였다는 거지."

이한이 말했다. 오라클에 대한 호기심이 생겼다. 쿠로처럼 몇 초 앞을 보는 단기 예지가 아니다. 몇 년을 앞서서 일어날 일을 예언한다. 어마어마한 능력이다.

-나도 이름만 많이 들었어. 한 번도 모습을 드러낸 적이 없었 거든.

사일런스도 궁금한 건 마찬가지다. 소문만 무성한 존재.

이한은 후식을 먹으면서 생각했다. 레드 중사와 간부의 다툼이 떠올랐다.

'그 일과 뭔가 관련이 있는 건가.'

오라클은 1세대 사이커다. 레드 중사도 알고 있을 터다.

웅성, 웅성.

갑자기 식당이 소란스러워졌다. 군인들 중 몇 명이 벌떡 일어났다. 그들의 시선은 입구 쪽으로 쏠렸다.

"오라클……."

"오라클이다."

"정말로 깨어난 거군."

이한의 시선도 그들을 따라 입구로 향했다. 이한의 눈동자가 미미하게 떨렸다.

"여자야?"

크누트가 의아해하듯 말했다. 이한도 마찬가지 심정이었다.

'1세대 사이커라면 당연히 여자도 있겠지. 2세대처럼 남자만 집중 양성하는 게 아니니까.'

이한은 눈을 깜빡였다. 오라클은 젊은 여자였다. 아직 소녀의 티가 남아 있는 외모였다. 남들이 보기에는 고교생이나 대학생 정도로 보이는 얼굴이었다. 이한이 보기에도 1세대 치고는 많이 젊었다.

'도대체 전쟁 당시에서는 몇 살이었다는 거지? 기껏해야 20대…….'

이한이 지금까지 마주친 1세대는 대부분 중년에 들어선 나이였다. 보통 서른은 훌쩍 넘었다. 대부분 전쟁에서 활약한 사이커들이니 당연한 거였다.

"뭘 봐요? 사람 처음 보시나?"

오라클은 레몬빛 머리카락을 손가락으로 빌빌 꼬았다. 그녀는 주위 군인들을 보며 까칠하게 말했다.

그녀는 근처 군인의 주머니를 뒤적이더니 담배를 꺼냈다. 부엌으로 들어간 그녀는 가스레인지로 담뱃불을 붙이곤 걸어 나왔다.

"여기 금연인데?"

누군가가 용기를 내서 말했다. 오라클은 전혀 상관없다는 듯이 담배를 뻑뻑 피워댔다.

"하? 금연? 군바리들이 사는 곳에서 언제부터? 엿이나 먹으라고 그래."

오라클이 중지를 추켜올렸다. 군인들이 웃음을 터뜨렸다.

"레드 중사도 식당에서는 담배를 피우지 않던데……."

크누트가 중얼거렸다. 이한도 조금 얼이 빠진 듯이 오라클을 쳐다봤다. 뭔가 엄숙한 이름과는 달리…… 아주 막 나가는 여자 같았다.

"이야, 너희들이 그 유명한 2세대냐? 그 몸으로 정말 10대 초반인 거야? 발육이 좋은 걸 넘어서서 반칙이잖아? 어머, 얘는 무슨 복근이 철판을 갈아 넣은 것 같네."

오라클은 3학년들에게 치근거렸다. 3학년들이 당황하며 주춤거렸다. 그 광경을 지켜보던 사일런스가 한마디 끼적였다.

-나는 저 아줌마 싫어.

오라클은 테이블 사이를 헤치며 걸어왔다. 마침내 이한 일행과 마주했다.

"너희들도 3학년이니? 그런 것 같네. 얘는 왜 해골 가면? 코스프레 하니?"

이한이 오라클과 눈이 마주쳤다. 둘 다 눈동자가 순간적으로 가늘어졌다. 서로를 탐색하듯 바라봤다.

"당신은 우리를 알아도, 우리는 당신을 모릅니다."

이한이 냉랭하게 말하자, 오라클은 자신의 볼을 감싸며 경악스러운 표정을 지었다.

"나 몰라? 나 오라클이야. 세계에서 가장 유명한 사이커잖아."

"그거야 우리가 태어나기 전의 일이죠."

이한은 경계를 하듯 말했다.

"흐응, 쌀쌀맞은 게 여자한테 인기 없을 스타일이네."

오라클이 말했다.

듣고 있던 크누트가 동의하듯 고개를 끄덕였다. 사일런스가 크누트의 옆구리를 꼬집었다.

"저한테 일이 없으면 그만 가셔도 됩니다."

오라클은 충격은 먹은 듯이 손을 입가에 가져갔다. 쓰러지는 시늉을 했다.

"나한테 이러는 남자는 처음이야. 왕 충격."

팔짱을 낀 사일런스가 영 못 봐주겠다는 듯이 불만스러운 제스처를 취했다.

–정말 오라클 맞아?

오라클이 사일런스를 쳐다봤다. 전자 노트로 의사소통을 하는 사일런스를 신기하게 여겼다.

"코스프레에다가 글자로 의사소통이라니! 너 정말 재밌는 애구나!"

오라클은 10대 소녀처럼 수다를 떨었다. 어쩐지 그 모습이 촐싹맞기까지 했다.

콰– 앙!

갑자기 식당의 문이 벌컥 열렸다. 문을 열어젖힌 레드 중사가 식당으로 성큼성큼 걸어오더니 오라클의 팔을 붙잡았다. 그는 오라클을 발견하곤 인상을 찌푸렸다.

"여기서 뭐 하는 거야? 캐…… 아니, 오라클."

"나가도 된다고 허락 맡았는데, 네가 무슨 상관이야? 레드."

오라클이 단호하게 말했다. 레드 중사의 얼굴에 핏발이 섰다.

"그건 산책 허락이겠지! 멋대로 해석하고 지랄이야! 이 꼴통 년이!"

목청이 쩌렁쩌렁했다.

"누구보고 꼴통이라는 거야? 10년이나 지나더니 완전 아저씨 다 됐네. 수염은 지저분하고, 쿵쿵. 홀아비 냄새나는 것 좀 봐. 그 나이 먹고도 여자 친구도 아직 없지? 어휴."

오라클이 손을 휘휘 저었다. 주위가 웃음바다가 됐다. 레드 중사의 얼굴이 붉어졌다. 거세게 오라클의 팔을 잡아당겼다.

"어제 깨어난 주제에 담배라니? 제대로 미쳤군. 아주 죽고 싶어서 환장을 했어."

레드 중사가 오라클의 담배를 뺏어서 발화 능력으로 불태웠다.

"뭐, 어때? 어차피 나는 오래 살지도 못할 건데."

오라클이 중얼거리듯 말했다. 레드 중사가 눈을 번뜩이더니 오라클의 뺨을 후려쳤다.

짝!

"닥치고 따라와. 망할 년."

레드 중사가 욕지거리를 내뱉었다.

교관일 때에 겁주기로 하는 욕설과는 차원이 달랐다. 진심이 담겨 있었다.

"천하의 레드 중사가 여자를 때려? 이거 완전 쓰레기 같은 남자잖아."

오라클이 붉어진 뺨을 감싸며 말했다. 그녀는 레드 중사에게 질질 끌려가다시피 했다.

한 편의 치정극이 식당을 쓸어갔다. 오라클과 레드 중사가 식당에서 사라졌다.

"뭔가 굉장한 일이 벌어진 것 같은데……."

크누트가 상황을 정리하듯 말했다.

"……하나는 확실해. 레드 중사가 오라클을 좋아한다는 거지."

이한이 말했다. 크누트와 사일런스가 놀라며 이한을 쳐다봤다.

"에엥? 좋아하는데 저렇게 욕하면서 때려? 그보다 나이 차가 좀 나지 않아?"

-방금 상황을 어떻게 봐야지 도대체 그런 결론이 나오는 거야?

이한이 어깨를 으쓱했다.

레드 중사는 진심으로 오라클을 걱정하기에 저런 태도를 취했다. 분명 간부와 싸운 이유로 오라클을 깨우는 일 때문일 터다.

"오라클은 냉동 수면을 했어. 사이코 프레임 한 기 뽑는 것만큼이나 예산을 부을 가치가 있는 능력자니까."

옥토가 말했다. 이한은 센서 슈트를 입고 이런저런 움직임을 취했다.

사이코 프레임 데이터 입력에 필요한 과정이었다. 이한은 잠시 숨을 고르며 물었다.

"냉동 수면은 왜 한 거죠?"

"불치병 때문이지. 사이킥 피폭이라고 알아? 차원 게이트가 열릴 당시에 그 자리에 있었던 사람 중 일부가 사이커로 각성하면서 겪는 병이다. 사이킥에 적응하지 못한 몸이 많은 사이킥을 한 번에 받아들여서 신경계에 이상이 생겼다고 말하더군. 석화되듯이 오감이 둔해지고 몸이 굳어가면서 마지막에는 죽음에 이르는 병이다. 다음 자세는 물구나무서기다."

이한은 가볍게 땅을 박차며 물구나무를 섰다. 양팔로만 몸을 지탱하며 이리저리 움직였다.

"후우, 유일한 장기 예지 능력자가 미래 전쟁에 필요하다고 판단했군요."

이한은 물구나무를 선 자세로 팔굽혀펴기까지 했다. 이마에 흐르는 땀방울이 바닥에 톡톡 떨어졌다.

"대체할 능력자가 있었다면 냉동 수면까지 사용하지 않았겠지. 원래 몸이 안 좋았는데, 냉동 수면 후유증으로 더 엉망일 거다. 더 살아봐야 시한부 인생의 고통뿐이지."

옥토는 무심하게 말했다.

그는 오라클에 대한 관심이 없었다. 그의 관심은 오로지 사이코 프레임뿐이다.

'음, 운동 능력이 우수한걸. 스트라이커로 활동하기에 무리가 없어. 사이킥 에너지가 부족한 것만 빼면……'

옥토는 그래프를 보며 감탄했다. 이한은 체조 선수처럼 자신의 몸을 완벽하게 다뤘다. 스트라이커에게는 중요한 자질이다.

'분명 혼자서 훈련을 많이 했겠지. 아무리 강화 신체라도 몸을 다루는 능력과 유연성은 그냥 얻어지는 게 아니니까.'

물구나무서기를 마친 이한은 평소에 쓰는 드래곤제 창을 잡았다. 창에도 센서가 달려서 움직일 때마다 강도와 궤도가 수치화됐다.

"평소처럼 휘둘러. 사이코 프레임 비율과 맞춰서 전용 무기를 제작해야 하니까. 지금 쓰는 창이 가장 몸에 익숙한 거 맞지?"

이한이 동작을 멈췄다. 그가 옥토에게 다가왔다.

"전용 무기라면 따로 부탁할 게 있는데요."

"말해봐. 어차피 너에게 맞춰야 하니까."

옥토는 흔쾌히 고개를 끄덕였다.

그는 유탕 처리된 막대 과자를 우걱우걱 씹어 먹었다. 싸구려 단내가 풀풀 풍겼다.

"창날 쪽에 무게를 좀 더 실어주세요. 지금 쓰는 창은 가벼워서 원심력이 느껴지지 않아요. 휘둘러도 종이 막대기처럼 흐느적거리는 느낌이라서."

그만큼 이한의 근력이 강해졌다는 이야기였다.

"그거야 어렵지 않지. 지금 창끝에 무게추를 달아볼 테니까. 적당한 무게라고 생각되면 말해."

옥토는 무게추 3개를 창끝에 붙였다. 이한은 몇 번 휘둘러보다가 무게추 하나를 떼어냈다.

부웅!

아까보다 창이 힘차게 움직였다. 힘과 무게가 제대로 실리는 느낌이었다.

한 손으로 창을 빙글빙글 돌리며 던졌다. 반대편 손으로 정확히 창을 낚아채며 돌리기를 반복했다.

촤악!

이한이 이리저리 돌리던 창을 전방으로 크게 휘둘렀다. 원심력이 더해진 날카로운 일격이었다. 앞에 있던 인간 모형의 허리가 잘렸다.

"나쁘지 않네요."

이한은 만족한 듯이 고개를 끄덕였다. 무게중심이 적당하
게 맞아떨어졌다.

이한의 강화 신체는 완성 단계에 이르렀다. 막 강화 신체
를 얻었을 때보다 키가 5센티미터 자랐다. 매끄러운 근육이
어깨부터 허리까지 자리를 잡았다.

"조만간 사이코 프레임 테스트가 있을 거야. 몸 관리 잘
해. 갑자기 다치지 말고."

옥토가 그래프 화면을 보며 말했다. 이한은 한쪽에 준비된
탈의실에서 옷을 갈아입었다.

'상처가 많아졌구나.'

이한은 전신 거울을 바라봤다. 원래 몸에 상처가 많은 편
이었으나, 아크에서 입은 상처들은 선명했다. 살과 근육이
찢어지고 뼈가 부러지는 중상들이었다.

데스웝과 전투에서 입은 상처들은 아직도 붉었다.

아까 움직인 탓에 상처가 벌어져서 핏물이 조금씩 흘러나
왔다.

쓱, 쓱.

이한은 무표정하게 수건으로 피를 닦아냈다. 오늘 밤에 연
고를 바르고 자야겠다고 생각했다.

"당신은 오, 오라클? 왜 여기에?"

밖에서 옥토의 당황하는 목소리가 들렸다. 이한은 윗옷을 입으며 탈의실을 나갔다. 레몬빛 머리카락을 반짝이는 오라클이 서 있었다. 그녀는 격식 없는 청바지와 티셔츠를 입고는 아크를 배회했다.

아크의 수뇌부조차 그녀를 제지하지 못한다. 아크에서조차 구속하지 못하는 무법자다.

"나 알아? 대머리 아저씨?"

오라클이 옥토에게 반문했다. 옥토는 영 오라클이 꺼림칙한 모양이었다.

"여긴 무슨 볼일입니까? 오라클."

오라클이 냉동 수면만 아니었다면 옥토와 동년배다. 오라클은 어려 보여도 나이는 많다.

무엇보다 그녀 역시 전쟁 당시 활약했던 사이커다. 드래곤 군단의 움직임을 예측하고 인류의 희생을 줄였다.

전장에 나서지 않았어도 오라클은 수많은 사람의 목숨을 구했다.

"그쪽이 아니라, 저기 소년에게 볼일이 있어서 왔어."

오라클이 가느다란 손가락으로 이한을 가리켰다. 이한이 고개를 갸웃했다.

"저 말입니까?"

"그래, 식당에서 나한테 차갑게 대했잖아. 여자는 말이지, 그런 차가운 남자에게 가끔씩 끌리는 법이거든."

이한은 웃지도 않았다. 그저 오라클을 쳐다봤다.

'무슨 속셈이지?'

이한은 낯선 사람을 믿지 않는다. 낯선 이를 쉽게 믿는 자는 생존경쟁에서 살아남지 못한다. 친구가 아니라면 일단 적이라고 봐야 한다. 아크의 인물이라고 모두 이한에게 득이 되진 않는다.

'이유 없이 친절하거나 가까이 다가오는 사람은 없다. 모두 자신만의 이유가 있어.'

이한에게 다가온 모든 사람이 그랬다. 레드 중사도, 라오차도, 친절했던 해럴드도 모두 그럴 만한 이유가 있었다.

'이 여자는 목적을 읽어내기가 힘들다.'

이한은 식당에서도 오라클의 시선을 잠깐 느꼈다.

눈이 마주치는 순간, 서로가 서로를 관찰한다는 걸 알았다.

"너 몇 살이니? 무슨 애가 이렇게 딱딱해?"

"저한테 볼일이 있습니까?"

이한은 더 이상 오라클과 마주하기 싫었다. 불편한 여자였다.

"나 오라클이야, 오라클! 세상에서 하나밖에 없는 진짜 예언자!"

"저는 이한입니다."

이한이 무심하게 대꾸했다.

"지금 누가 자기소개하는 건 줄 알아? 너 혹시 고…… 아니다. 아직 애인데."

"……고?"

이한이 반문하자 오라클이 답답한 듯이 제자리에서 방방 뛰었다. 그녀는 길게 한숨을 쉬었다.

"잠깐 이야기나 좀 하자. 그것도 안 돼?"

그 말을 들은 옥토가 이한을 오라클에게 떠밀면서 속삭였다.

"제발 좀 데려가라, 한. 난 저렇게 안하무인으로 행동하는 여자는 질색이란 말이야."

옥토는 땀을 뻘뻘 흘리며 말했다. 이한은 고개를 끄덕이며 오라클을 쳐다봤다.

"잠시만입니다. 저도 다음 일정이 있어요."

"너 정말…… 비싼 남자구나."

오라클은 황당하다는 듯이 말했다. 나름 외모에 자신이 있었다. 비록 상대는 어린애지만 남자라면 홀릴 자신이 있었다. 그 자신감은 이한 앞에서 산산조각 났다.

'혹시 10년 사이에 기계 인간이라도 개발한 거 아니야?'

오라클은 이한의 뒷모습을 보며 생각했다.

이한은 여자에게 속아서 하루 벌이를 몽땅 날려먹은 부랑자들을 자주 봤다. 간신히 모은 물과 식량을 여자들은 손쉽게 가로챘다.

때론 여자가 남자보다 무서웠다. 혹독한 생존 환경에서 남자보다 약한 여자들이 살아남았다는 건, 자신만의 무기를 가졌다는 말이다.

여자는 남자보다 힘이 약하지만, 남자를 조종하는 무기가 있다.

이한은 사람을 쉽게 믿지 않는다. 여자는 더욱 믿지 않았다.

여자는 남자를 조종하려고 한다. 그의 생존 경험에서 나온 결론이었다.

"말하세요."

이한이 제3팀 개발실을 빠져나오며 말했다.

"여기서? 적어도 앉아 있고 싶은데……. 여긴 흙바닥이잖아. 나 새 옷이라고."

오라클이 투덜거렸다.

"여기 앉으세요."

이한은 윗옷을 벗어서 땅바닥에 깔았다.

"어머, 반전 매력?"

오라클은 손뼉을 치며 이한의 옷 위에 앉았다.

"이제 말하세요."

이한의 말투는 평소보다 더 경직됐다. 차라리 음담패설을 일삼는 군인들과 떠드는 게 더 편했다.

"너 어떤 스타일의 여자를 좋아하니?"

이한은 그 질문에 단호하게 대답했다.

"적어도 오라클이 제 취향이 아닌 건 확실한 듯합니다."

오라클이 입을 감싸며 경악한 표정을 지었다. 과장된 태도였다.

"……방금 나 차인 거야? 고백하기도 전에 차였어. 와!"

이한의 눈동자가 서늘하게 빛났다. 그가 처음으로 짜증스런 감정을 드러냈다.

"단순히 말장난 치고 싶은 거라면 전 돌아가겠습니다. 이런 식으로 목적도 드러내지 않고 툭툭 건드려 보는 사람은 질색입니다."

오라클이 크게 떴던 눈을 감았다가 떴다.

긴 눈썹이 흔들렸다. 게슴츠레하게 뜬 눈이 이한을 쳐다봤다.

"너 보통 꼬맹이가 아니구나. 아크의 신병기들은 다들 너같은 줄 알아서 다른 소년들도 건드려 봤는데, 반응이 이렇진 않았어. 역시 네가 특이 케이스네."

"오라클이라면 이런 결과는 다 알고 있지 않습니까?"

이한이 떠보듯 물었다.

"모든 미래의 결과를 다 안다면, 난 머리가 터져서 죽어버렸을걸. 예지는 그렇게 편리한 능력이 아니야. 실제로 난 내가 10년 만에 깨어날 줄 몰랐거든."

장기 예지 능력자는 오로지 한 명뿐.

그녀가 어떤 눈으로 세상을 보는지는 아무도 모른다. 어떤 구조로 미래를 보는지도 불명. 사람들은 그저 그녀의 입에서 나오는 말을 믿을 뿐이다.

"왜 저를 찾아온 거죠?"

오라클은 처음으로 진지한 얼굴을 했다. 그녀의 동공에서 사이킥 안광이 희미하게 흘러나왔다. 오라클은 이한의 이마에 손가락을 얹었다.

"한마디 하고 싶어서 말이지. 너, 살고 싶으면 다음 작전에 나가지 마. 개인적인 조언이야. 그냥 넘어가려고 했는데…… 레드가 아끼는 꼬맹이라서 특별히 말해주는 거다."

이한은 오라클의 얼굴을 바라봤다. 장난이나 농담 같지 않았다.

"뭘 본 겁니까?"

오라클이 고개를 좌우로 흔들었다.

"아니, 보이지 않아서 하는 말이야. 보통 그런 경우는 거의 다 죽더라고. 미래의 활로가 불투명하다는 뜻이거든."

이한은 별로 충격받은 표정이 아니었다.

이한이 고아원에서 동생들을 이끌고 나왔을 때, 모두가 미쳤다고 말했다. 다 죽을 거라고 예언하듯 말했다.

"거의라는 의미는 죽지 않는 경우도 있다는 건가요?"

"적어도 목숨을 잃을 중대한 위기가 찾아온다는 거지."

잠시 침묵이 일었다.

"지금까지 항상 그랬어요. 목숨을 걸지 않고 살아남은 적은 없습니다. 언제나 죽을 확률이 더 높았다고 생각해요."

이한은 오라클에게 고개를 숙이며 인사를 했다. 오라클은 차분한 이한을 바라봤다.

이한이 바닥에 깔아둔 윗옷을 가져가려고 하자 오라클이 옷을 잡아당겼다.

"이건 세탁해서 줄게."

"세탁은……."

이한이 뭐라 말하기도 전에 오라클이 자리를 떴다.

10장
2세대 테스트

오늘은 2세대 사이코 프레임 테스트가 있는 날이다. 테스트장은 5미터 폭의 콘크리트 벽으로 둘러싸여 있다. 이한은 옥토와 나란히 걸으며 테스트장으로 나갔다. 그 뒤로는 격납 트레일러를 운전하는 제4팀 기술자들이 따라왔다.

기이이잉.

격납 트레일러가 열렸다. 기술자들이 사이코 프레임을 꺼내서 착용 모드로 변환했다.

이한은 준비가 끝나는 동안 옥토의 말을 들었다.

"출력은 최대한 낮게 시작해. 반응성이 무척 뛰어날 거야. 올드맨과는 비교가 안 돼. 어린아이가 걷기를 처음 시작하듯 조심스레. 기억해, 한."

옥토는 평소와 다르게 무척 진지했다. 장난스러운 기색이 없었다. 이한은 차분하게 고개를 끄덕였다.

'스미스 영감이 보고 있어. 개망신당하긴 싫다고.'

옥토는 그렇게 생각하며 바깥을 쳐다봤다. 테스트장 바깥에는 여러 간부와 사람들이 모니터링 하고 있다. 2세대의 첫 번째 테스트다. 아크의 주요 인물들은 죄다 모여 있다. 만약을 대비한 1세대 사이커들도 인파 사이에 드문드문 숨어 있었다.

"흥, 실패할 거야. 저건 아무나 다루지 못한다고."

제1기술 팀 치프, 찰리 스미스가 말했다. 앙숙인 젊은 기술자 옥토에게 프로토 타입을 빼앗긴 걸 늘 가슴에 담고 있다. 자신의 역작이 가장 싫어하는 기술자에게 들어갔다. 스미스는 그날 이후로 얼굴의 주름이 늘었다.

"까리하게 생겼는걸. 미래 병기라는 느낌이 팍팍 들어."

"그러게. 사이보그 같잖아."

군인들이 말했다. 기술자들이 사이코 프레임을 테스트장 중심까지 끌어왔다. 2세대 사이코 프레임의 외형은 1세대보다 날렵하고 멋들어졌다. 도색 처리가 없어서 은빛이 반짝였다.

사이코 프레임은 활짝 열려서 착용자를 기다리고 있었다. 마치 인간을 잡아먹을 기세였다. 내부는 인공 근육으로 가득했다.

'기계일 뿐이야.'

이한은 사이코 프레임을 보며 중얼거렸다. 그는 바디 슈트를 입은 상태로 사이코 프레임 안으로 들어갔다. 푹신한 인공 근육이 몸을 감쌌다.

"사이코 프레임은 네 사이킥 에너지에 따라 불수의적으로 반응할 거다. 예상치 못한 반응이 일어날 수도 있어."

이한은 알아들을 수 있는 단어만 귀에 담았다. 옥토는 이한의 지식수준을 생각하지 않고 아무렇게나 단어를 쓰곤 했다.

"요령은 올드맨처럼 할게요."

"이건 거의 인간의 몸과 비슷한 가동성을 가졌어. 인간이 쓰는 모든 근육과 관절을 실제로 다 쓴다고 보면 된다. 올드맨은 그에 비하면 어린애들 장난감 로봇 수준이지."

옥토는 몇 번이고 같은 말을 강조했다.

'옥토에게도 중요한 테스트다. 분명 큰소리치며 무리해서 사이코 프레임을 얻어낸 거겠지. 성과를 내지 못하면 옥토도 제대로 창피를 당해. 내가 잘해야 한다.'

이한이 생각했다. 옥토에게 개인적인 호감을 가지긴 힘들었지만 이한에게 중요한 조력자다. 지금까지 이한을 많이 도와줬다.

"절 믿어봐요. 잘 해내겠습니다."

이한이 옥토를 바라보며 말했다. 주저리 떠들던 옥토가 말을 멈추곤 주먹을 내밀었다.

탁.

서로의 주먹이 가볍게 마주쳤다.

[사이코 프레임 기동.]

끼이이이익!

열려 있던 흉부 장갑을 비롯해서 팔다리의 외장이 닫혔다. 이한을 감싼 사이코 프레임의 인공 근육이 팽창했다. 이한은 압박감을 느꼈다.

고오오오.

이한은 조금씩 빠져나가는 사이킥 에너지를 느꼈다. 손발이 끝부터 저려왔다.

철컥.

헬멧 실드가 앞으로 내려왔다. 사일런스처럼 풀페이스 형태다. 내부 화면이 단말기와 연결됐다. 이런저런 정보들이 우측 상단에 표기됐다.

우우우웅!

사이코 프레임의 관절부와 가슴이 빛났다. 마치 수증기가 빠지듯이 광채가 흘러나왔다. 사이킥 발현 현상이었다. 외장이 열은 부분에서는 빛이 새듯이 빠져나왔다. 이한은 손가락부터 차분하게 움직였다.

끼릭, 끼릭.

인공 근육이 유연하게 따라 움직였다. 손가락 관절 움직임 하나까지 똑같았다.

'부드럽고 반응이 빨라. 마치 진짜 내 몸처럼 움직인다.'

이한은 사이코 프레임의 반응 속도에 놀랐다.

ㅡ걷기부터 시작해.

옥토의 통신이 들렸다. 걷기란 동작의 기본이다. 모든 관절을 이용해서 균형을 잡아야 한다. 걷기가 성공해야 다음 동작으로 넘어간다.

"알았어요."

이한은 빠져나가는 사이킥 에너지를 최대한 통제했다. 그의 동공에서 흘러나오는 빛이 수축됐다. 그는 이를 꽉 물었다.

'나는 이 힘을 가진다.'

아크의 간부들이 보고 있다. 여기서 확실히 증명해야 한다.

"후우."

이한은 심호흡을 하고는 다리를 뻗었다.

끼리리릭, 끼릭.

관절의 소음이 점점 잦아들었다. 이한은 엉거주춤하게 걸었다. 자세가 조금씩 안정적으로 변했다.

―잘했어! 다음은 달려.

옥토가 신이 나서 말했다. 이한은 자신감을 얻었다. 다리를 굽히며 질주할 준비를 했다.

탓!

이한이 땅을 박찼다. 콘크리트 바닥이 움푹 파였다.

―제길 너무 높아! 출력을 조절하라고!

옥토가 고함을 질렀다. 이한도 뒤늦게 자신이 공중에 붕 떴다는 걸 알았다. 흥분해서 사이킥 제어를 실수했다. 그는 착지를 실패해서 땅바닥에 이리저리 뒹굴었다. 그가 넘어지고 뒹군 바닥이 쩍쩍 갈라졌다.

"아!"

"저런!"

여기저기서 안타까운 탄성이 터졌다. 보는 사람이 인상을 찌푸릴 정도로 아파 보였다.

'별로 아프진 않아. 외부 충격에는 강해.'

이한은 일어서며 생각했다. 슈트의 완충 작용은 훌륭했다. 이 정도 충격인데도 이한은 타격을 거의 받지 않았다.

"괜찮아요. 튼튼한데요."

이한이 무릎을 짚으며 일어섰다.

'감정적으로 흥분하면 안 돼. 사이킥이 날뛴다. 빼앗기는 에너지의 양을 줄여야 해. 방심하다간 일순간에 과부하가 난다.'

드래곤 소재는 사이킥을 강제로 흡수한다. 동력 역할인 사이커가 사이킥을 조절하지 못하면, 사이코 프레임은 폭주하듯 날뛴다. 드래곤 소재를 많이 사용한 2세대 사이코 프레임, 그중에서 가장 소재 비율이 높은 프로토 타입이다. 다루기 힘들다는 이유로 폐기 처분 직전까지 갔었다.

─천천히 움직여. 다룰 수 있다는 것만 보여주면 충분해.

옥토가 거친 숨을 내쉬며 말했다. 마치 자신이 타고 있는 것처럼 흥분했다. 그의 대머리가 축축하게 젖어서 빛났다.

"저 봐! 그럴 줄 알았다니까! 옥토 놈이 뻥을 친 거라고!"

스미스 영감이 삿대질을 하며 외쳤다. 주위 간부들이 눈살을 찌푸렸다. 스미스 영감의 마음은 다들 이해하지만, 그래도 이 테스트를 성공해야 아크는 한숨을 돌릴 수 있다. 현재 아크는 드래곤에 대응할 수 있는 전력의 공백이 크다.

츠즈즈즈.

이한은 사이킥을 통제했다. 출력이 약해지자 사이코 프레임이 무겁다는 느낌이 들었다. 대신에 움직이는 건 한결 쉬웠다.

'이런 느낌으로 조금씩.'

이한은 중얼거리며 가볍게 제자리에서 뛰었다. 사이코 프레임의 무게 때문에 땅이 쿵쿵 울렸다.

"이거 엄청 더운데요."

이한은 땀을 뚝뚝 흘리며 말했다. 사이코 프레임 내부가 뜨거웠다.

─열 배출 기능은 없어. 어차피 장시간 활동을 감안하진 않았으니까. 참아.

이한은 손과 발을 움직였다. 어느 정도 익숙해졌다. 그는 다시 달리기를 시도했다.

타닷.

땅이 발에 닿을 때마다 움푹움푹 파였다. 한 번 땅을 박찰 때마다 10여 미터씩 뻗어 나갔다. 이한은 간신히 균형을 잡으며 움직였다. 가속도가 붙자 무시무시한 속도로 몸이 움직였다.

찌익.

'무릎이 아프다. 뭔가 느슨해졌어. 다리가 심하게 앞으로 뻗는다.'

이한은 무릎 근육이 찢어지는 소리를 들었다.

촤아아아악!

이한은 바닥을 긁으면서 미끄러지듯 몸을 세웠다. 콘크리트 무더기가 툭툭 튀었다.

"방금 제대로 움직였지?"

"그런 것 같은데."

사람들이 웅성거렸다. 잠깐 보여준 달리기만 보아도 2세대 사이코 프레임의 높은 운동성을 확인 가능했다.

ㅡ반응이 왔어. 잘했어. 조금만 더!

옥토가 주먹을 불끈 쥐었다. 이한은 사이코 프레임 내부에서 천천히 숨을 골랐다.

'아프다. 무릎이 부서질 것만 같아.'

무릎이 뜨거웠다. 근육이 찢어진 듯하다. 이한은 고개를 들어서 주위를 둘러봤다.

바닥이 미미하게 들썩였다.

위이이잉!

이한이 한숨을 돌리려고 하자, 땅바닥에서 고정 포대가 올라왔다. 포대가 움직이면서 이한을 조준했다.

콰ㅡ앙!

연습용 포탄이 발사됐다. 목표와 접촉하면 부서지면서 충격이 흩어지는 포탄이다. 맨몸이라면 그것만으로도 죽는다.

"쿨럭."

이한은 가슴에 초탄을 얻어맞았다. 바닥에 뒹굴자마자 잽싸게 일어났다. 그는 포대를 응시하곤 몸을 비틀었다. 다음

포탄은 가볍게 피해냈다.

"이건 예정에 없던 거잖아요."

이한이 투덜거렸다. 짜증 섞인 목소리였다.

─나도 방금 알았어. 스미스 영감 짓이겠지. 부숴 버려.

이한은 포대가 따라가기 힘들 만큼 빠르게 움직였다. 옆으로 길게 우회했다.

─거기 벽으로 막혀 있어.

"알고 있습니다. 빨리 끝내 버릴 게요."

사이코 프레임의 광채가 짙어졌다. 이한은 벽에다가 발을 박아 넣으며 뛰었다. 벽을 타고 옆으로 뛰었다. 쏜살같이 달려간 이한이 벽을 부수며 높게 뛰었다. 고정 포대 위로 착지하며 팔을 뻗었다.

끼이이이익!

이한은 포신을 잡아서 위로 비틀었다. 강철조차 으스러뜨리는 악력이었다. 헬멧 실드에서는 시퍼런 안광이 반짝였다. 프레임 외장 사이로 푸른빛이 스물스물 흘러나왔다.

"……한계예요, 옥토."

첫 기동이다. 여러 문제점이 있었다. 이한은 인상을 찌푸리며 식은땀을 흘렸다.

─잘했어. 쉬어.

옥토가 자리에서 벌떡 일어났다. 그가 테스트장을 뛰쳐나가서 아크의 간부들에게 다가갔다.

대부분 2세대 사이코 프레임에 대해 긍정적인 반응이었다. 첫 기동이라는 점을 감안하면 놀라운 운동 능력이었다.

이한은 테스트장을 벗어나서 격납 트레일러로 들어갔다. 이한은 사이코 프레임을 착용한 상태로 주저앉았다. 그가 헬멧을 벗어서 던지듯 내려놓았다.

"하아, 하아."

이한의 머리카락은 흠뻑 젖었다. 헬멧 안에 고여 있던 열기가 자욱하게 퍼졌다.

기이이잉.

사이코 프레임이 열렸다. 이한은 기술자들의 부축을 받으며 일어섰다. 이한이 의자에 앉자마자 사람들이 얼음 팩을 그의 몸에 붙였다. 이한은 얼음 팩으로 무릎을 감쌌다. 열이 차올라서 통증이 심했다.

"무릎 관절 각도가 생각보다 많이 벌어졌군."

사이코 프레임을 살피던 기술자가 말했다. 사이코 프레임의 무릎 관절 가동 범위가 인간의 무릎 가동 범위보다 넓었다. 그 때문에 이한의 무릎인대가 손상을 입었다. 강화 신체가 아니었다면 견디지 못하고 끊어졌을 터다.

"역시 관절이 문제로군. 경량화에 집중하다 보니, 장력에 버티는 힘이 약해서 헐거워. 이 정도 움직임에도 벌어질 줄이야."

어느새 돌아온 옥토가 말했다.

"죽는 줄 알았습니다."

이한이 눈썹을 찡그렸다. 옥토를 탓하는 기색이 살짝 섞여 있었다.

"실전에서 발견하는 것보단 낫지."

옥토가 별거 아니라는 듯이 중얼거렸다. 그는 콧노래까지 불렀다. 테스트는 성공적이었다. 이한이 사이코 프레임을 다룰 수 있다고 상부에서는 판단했다.

"상부에서는 뭐라고 해요?"

"긍정적인 검토. 추가 예산까지 받아냈어. 즉각 전력이라는 이점 외에도, 프로토 타입에서 얻은 데이터가 유용하게 쓰일 거라고 본 거지."

옥토는 날아갈 듯이 기뻤다. 스미스 영감에게 제대로 한 방을 먹였다. 당분간 입안이 고소해서 간식을 안 먹어도 될 듯하다.

'옥토는 내가 죽으면 슬퍼하기라도 할까? 뭐, 원래 저런 사람이니까.'

이한은 얼음 팩으로 얼굴을 감쌌다. 시원한 감촉에 정신이 번쩍 들었다. 그는 무릎에 테이핑을 하고는 걸어봤다. 테스트를 빨리 끝내서 생각보다 부상이 심하진 않았다.

"다음 테스트 일정을 빨리 잡아두세요."

이한이 엉거주춤하게 걸어 나가며 말했다.

"갑자기 왜 서두르고 난리야?"

옥토가 고개를 갸웃했다.

"왠지 우리에게 시간이 많이 없을 것 같아요."

이한은 오라클의 말을 떠올렸다. 그녀의 예언은 가까운 미래를 말한 듯한 느낌이 들었다.

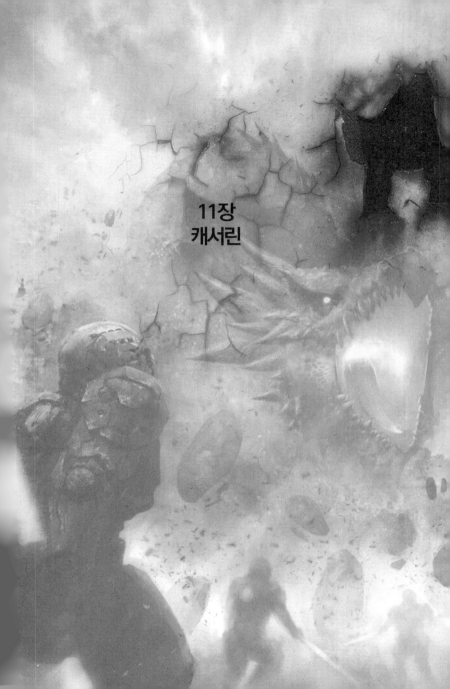

11장
캐서린

 아크 정기 회의, 소집된 간부들과 군인들 사이에서 이질적
인 분위기의 여자가 들어왔다.

 회의실에서 유일하게 민간인 듯한 분위기가 풀풀 풍기는
여자. 오라클이었다. 그녀는 청바지의 티셔츠를 입었고, 손
에는 게임기를 들었다.

 뿅, 뿅.

 게임기를 누르는 소리가 회의실에 퍼졌다. 오라클은 혓바
닥으로 입맛을 다시며 손가락을 바쁘게 놀렸다.

 "레드 중사, 내 두통이 더 심해지기 전에 말려주게."

 알렉산더 참모장이 레드 중사에게 말했다. 레드는 오라클
에게 손댈 수 있는 몇 안 되는 사람이다.

콰직!

레드 중사가 오라클의 게임기를 잡아서 던졌다. 벽에 부딪힌 게임기가 산산조각 났다. 오라클은 짜증 내며 레드 중사를 째려봤다.

"하? 지루한 회의 시간 동안 나보고 뭐 하라고?"

오라클이 툴툴거렸다. 레드 중사는 길게 한숨을 내쉬었다. 그는 성질을 꾹꾹 누르며 참았다.

"그냥 가만히 있어."

레드 중사가 으르렁거리듯 말했다. 오라클은 전혀 기죽지 않고 입만 삐죽 내밀었다. 그녀는 팔짱을 끼고 거만하게 상체를 젖혔다.

"사이코 프레임 다음 테스트 날짜는 일주일 뒤로 잡았습니다. 본인도 빨리 원하고 있고요. 의욕 만땅입니다."

옥토가 말했다. 그 앞에 앉아 있는 스미스 영감의 얼굴은 붉게 변했다. 결국 프로토 타입은 옥토의 손에 완전히 들어갔다. 반박의 여지가 없다.

"예산 책정은 따로 올리게."

알렉산더가 고개를 끄덕이며 말했다. 아크에 떨어진 급한 불들이 하나씩 꺼졌다. 순수파 문제도 어느 정도 해결됐고, 손실된 1세대 강화병을 대신해서 2세대 강화병을 보충했다. 복잡했던 문제가 하나씩 풀려갔다. 고된 일정에 시달린 알렉산더의 눈 밑이 새카맸다.

"오라클, 여전히 똑같은 미래가 보이나?"

오라클은 천장만을 멍하니 바라보다가 고개를 내렸다.

"똑같아요. 하늘의 뒤덮는 드래곤들. 무수한 미니언. 붉게 물든 땅. 다가올 종말의 시작이네요."

오라클은 무덤덤하게 말했다.

"그 이전에 드래곤이 출현하는 경우는?"

알렉산더가 물었다. 오라클을 깨운 이유다. 인류는 15년 동안은 드래곤의 위협으로부터 벗어났다고 생각했다. 하지만 바하무트의 등장으로 이야기는 달라졌다. 예언 속의 침략 이외에도 드래곤이 출현할 가능성이 생겼다. 만약 대비되지 않은 상황에서 드래곤이 출현한다면 인류는 어마어마한 피해를 입게 된다.

회의장은 오라클의 대답을 기다렸다.

오라클은 잠시 눈을 감고 생각하더니 탁자를 가볍게 두드렸다.

"아, 맞다. 저번에 봤는데. 종이하고 펜 좀 줘봐요."

오라클은 종이와 펜을 받아 들고는 상체를 숙였다. 그녀의 손이 재빠르게 움직였다. 얼마 지나지 않아서 스케치가 완성됐다. 그녀는 전쟁 이전에는 미술학부 대학생이었다.

사사삭.

오라클은 종이를 들어 올렸다. 밑그림에 불과하지만 못 알아보는 사람은 없었다.

"드래곤……."

회의장에서 침음이 흘렀다. 도심지에서 드래곤과 미니언들이 활개 치는 그림이었다. 사람들은 대피하고, 드래곤은 파괴를 일삼았다. 드래곤의 힘을 기억하는 사람들은 그림만으로도 온몸이 오싹했다.

"적어도 10일 이내에 발생할 일이에요. 난 15년 뒤에 본대가 온다고 했지. 그 전에 드래곤이 오지 않는다고 말하진 않았어요. 그 전에 드래곤이 나올 줄은 나조차도 몰랐던 일이지만요. 어쨌든 첫 번째 침략과 같은 일이 또 벌어지지 않을 거라는 보장은 없죠."

오라클이 말했다. 그녀의 예언은 지금까지 틀린 적이 없다. 오라클은 제멋대로인 데다가 통제 불가능한 사이커다. 하지만 그녀는 거짓말은 하지 않는다.

"정확히 어디인지 알 수가 있나?"

알렉산더의 손바닥에서 땀이 고였다.

"유럽? 미국? 백인들이 사는 도시라는 건 알겠는데……."

오라클이 고개를 갸웃하며 중얼거렸다. 그녀의 입꼬리가 살짝 올라갔다.

"좀 더 자세히!"

알렉산더가 윽박지르듯 외쳤다. 오라클은 눈 하나 깜빡하지 않았다. 드래곤이 출현한다는 예언에 모두가 초조한 표정이었지만, 그녀만은 차분히 웃었다.

"장난은 그만둬. 이미 알고 있잖아, 오라클."

듣고 있던 레드 중사가 나직이 말했다. 그는 오라클을 뚫어져라 응시했다. 이곳에서 레드 중사만큼 오라클을 잘 아는 사람은 없다. 그 둘이 각별한 관계였다는 건, 전쟁 당시에 꽤 유명했던 이야기다.

"재미없게 그러기야? 레드."

오라클이 입을 가리며 웃었다. 레드 중사가 당장에라도 오라클을 후려칠 것 같은 표정이었다.

"우린 장난을 치고 있는 게 아니다. 빌어먹을…… 네 말 한마디에 수천, 아니, 수만 명의 목숨이 달렸어!"

오라클은 냉소를 띠우며 알렉산더를 쳐다봤다.

"프랑스 파리. 사실 에펠탑을 봤어요."

오라클이 모든 걸 털어냈다는 의미로 어깨를 으쓱했다.

회의는 끝났다. 다들 바쁘게 움직였다. 알렉산더는 회의가 끝나고 나서 밀린 잠을 보충할 생각이었지만, 잠 대신에 니코틴과 카페인을 입속에 꽉꽉 채워 넣었다. 당분간 제대로 자긴 또 글렀다.

레드 중사와 오라클은 복도를 걸어갔다. 레드 중사는 오라클의 팔을 붙잡고 빈방으로 들어갔다. 오라클은 눈을 치켜 떴다.

"빌어먹을 년. 도대체 뭐가 불만인 건데?"

쿵!

레드 중사가 벽을 치며 말했다. 오라클은 주머니에서 담배를 꺼내서 입에 물었다.

"몰라서 물어? 불이나 붙여봐, 인간 라이터."

레드 중사는 담배를 빼앗더니 통째로 불태웠다. 오라클이 인상을 찌푸렸다.

"어린애처럼 굴지 마라, 캐서린. 너만 희생을 견디며 사는 게 아니야."

오라클의 본명을 말했다. 가장 오라클을 깨우기 싫어했던 사람은 레드 중사였다. 그는 아크의 결정에 분노했다. 하지만 일단 오라클이 깨어난 이상, 그녀의 힘을 최대한 이용해야 한다. 많은 사람을 살릴 수 있는 힘이다.

'캐서린은 분명 며칠 전부터 드래곤의 습격을 봤겠지. 알면서도 아무에게도 말하지 않았어.'

알면서 늦게 알려준 것은 오라클의 심술이었다. 하지만 아크에게는 그 며칠이 소중하다. 그 며칠의 준비로 더 많은 생명을 구할 수 있다.

"알아. 희생? 좋은 말이지. 거참, 가슴이 따뜻해지네."

레드 중사의 눈동자에서 붉은 안광이 흘러나왔다. 그가 짚고 있던 벽이 새카맣게 그을렸다.

"비꼬지 마라. 지금 저 밑에 애들이 몇 살인 줄 알아? 많아야 열셋, 열둘이다. 그런 애들조차 목숨을 걸고 있어."

레드 중사는 1학년 교관 중에서 가장 잔혹하다. 피도 눈물도 없는 인간쓰레기처럼 군다. 하지만 그도 인간이다. 어린 애들을 전장으로 내모는 것이 늘 가슴에 걸렸다. 어쩔 수 없었기에 하는 것뿐이다.

"하지만 다른 사람들에게는 희망이라는 미래가 있잖아. 드래곤을 해치우고, 평화가 찾아올 거라는 믿음. 드래곤의 위협이 없는 세계에서 살아갈 거라는 희망. 그런데 나는 뭐야? 이깟 초능력으로 미래를 보면 뭐하냐고? 정작 내 미래는 그 어디에도 없어. 이런 내가 왜 다른 사람들을 위해 싸워야 하는 거지?"

레드 중사의 표정이 일그러졌다. 오라클의 남은 수명은 짧다. 길어야 2, 3년. 어쩌면 당장 내일이라도 증상이 악화되어 죽을지도 모른다. 사이킥 자체가 해석 불가능한 힘이다. 사이킥이 원인인 병은 치료할 실마리조차 없다.

레드 중사는 머뭇거렸다.

"……넌 좋은 여자이니까."

레드 중사가 말했다. 오라클이 코웃음 쳤다.

"웃기고 있네, 등신."

오라클은 문을 열고 걸어 나갔다. 레드 중사는 그녀의 뒷모습만 조용히 바라봤다.

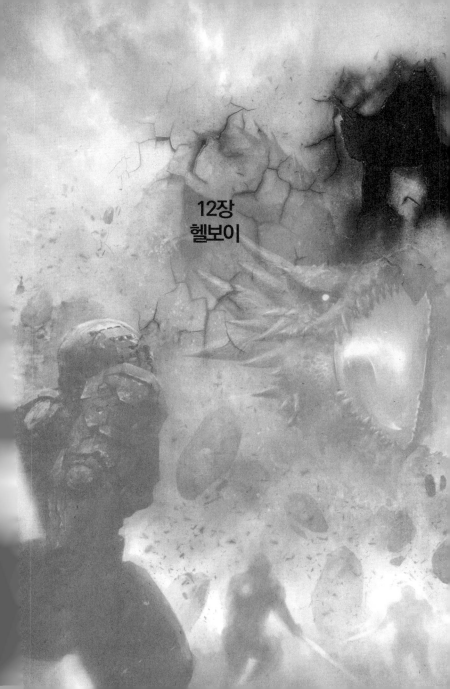

12장
헬보이

"유령 도시로군."

수송기에서 내린 크누트가 말했다. 이한은 그 말에 동의
했다. 서정적인 도시는 평화로웠던 시절의 모습을 간직하고
있다. 다만 파리의 시민들은 한 명도 빠짐없이 집을 비웠다.
멀쩡한 집에 사람들이 한 명도 없기에 더 괴이한 분위기를
풍겼다.

프랑스는 지난 전쟁에서 피해가 적은 나라다. 프랑스뿐만
이 아니라 서유럽 대부분 국가가 전쟁 피해를 많이 받지 않
았다.

"서유럽은 옛날이나 지금이나 축복을 받은 거야. 이베리
아 반도와 동유럽이 방파제가 된 거지."

군인들이 말했다. 그들은 하나둘씩 짐을 내렸다. 아크는 파리에 군을 소집했다. 드래곤의 출현이라는 명분은 전 세계의 정예군을 호출 가능케 했다. 각국에서 아끼는 대미니언 특수부대를 파병했다.

"오라클의 말에 따르면, 앞으로 7일 정도 남았다더군. 전쟁 이후로 진짜 차원 게이트가 처음 열리는 거지."

지난 바하무트 출현의 계기는 차원 균열 복원을 통한 게이트화였다. 이번에는 아무것도 없는 곳에서 차원 게이트가 바로 열린다. 사안의 중대성이 달랐다.

아크의 전투 대원들도 호텔 건물들을 징집해서 막사로 사용했다. 그들은 무거운 장비들을 옮겨서 건물을 요새화했다. 드래곤 출현은 미니언 군단도 동반한다. 미니언 군단을 막는 일은 현대 무기로도 가능하다.

"죽을지도 몰라. 네 미래가 보이지 않아."

오라클의 말이 이한의 귓가에 맴돌았다. 나름 무시했다고 생각했지만, 머릿속에 맴돌았다.

'나는 죽기 위해서 여기에 온 게 아니야.'

이한은 이번 작전에서는 특정 분대에 소속되지 않았다. 사이코 프레임 강화병으로 예비 멤버다. 아직 테스트가 완전히 끝나진 않았지만, 아크에서는 필요하다면 이한을 사용할 생각이었다.

-무슨 일이야? 어디 아파?

사일런스가 다가왔다. 그는 전투 헬멧과 전투복을 착용한 상태다. 사람들 중에서도 단연코 눈에 띄는 차림새다. 평시에도 헬멧을 쓰고 다니는 별종은 사일런스밖에 없다.

"좀 피곤해서."

사일런스는 이한을 가만히 쳐다보다가 그 앞에 앉았다. 이한과 사일런스는 앉아서 몇 마디를 나눴다.

사일런스는 이번에 새로 개발한 기술을 설명했다.

-전광석화라고 이름을 지었어.

"엄청 거창하네."

-잘 봐.

사일런스가 일어서서 몇 걸음 뒤로 물러났다. 그가 공중으로 블링크를 두 번 사용했다. 30여 미터 공중에 뜬 사일런스가 칼을 뽑았다. 그가 밑으로 떨어졌다.

위잉-

땅에 닿기 직전에 블링크를 앞으로 사용하며 전진했다. 떨어지는 운동에너지는 몸에 남아 있다. 그는 그걸 이용해 뛰쳐나가듯 칼을 휘둘렀다.

콰직!

사일런스는 앞에 있던 나무토막을 부수듯 잘라냈다. 원래 사일런스의 근력보다 훨씬 강한 힘이었다. 사일런스는 다리가 저려서 한참을 일어서지 못했다. 30여 미터에서 떨어진 충격을 다리로 고스란히 받아냈으니 당연한 일이다.

-이 기술의 단점은 쓰고 나서 잠시 무방비해진다는 점이지.

"내 판단으로는 실용성 빵점이야. 굳이 블링크를 세 번이나 낭비하면서 그런 공격을 할 필요가 없잖아."

-넌 아무것도 몰라.

사일런스가 칼을 빙글빙글 휘두르다가 칼집에 넣었다.
"뭐가?"

-필살기는 로망이라고. 크누트는 멋있다고 박수갈채까지 보냈지.

"굳이 기술 이름을 붙이자면 전광석화보다는 바위 부수기가 더 어울릴 것 같은데……."

-그건 기각. 전광석화가 더 멋있어.

사일런스가 손사래를 쳤다. 그는 검지를 추켜세우더니 좌우로 흔들었다.

"결국 멋인 거냐."

이한과 핀잔을 주며 말했다. 그의 시선이 사일런스의 어깨를 넘어서 착륙장을 향했다. 착륙장에는 낯선 수송기들이 차례대로 착륙하고 있었다. 전체적으로 붉은색 계열 도색이었다. 날개에는 U.S.A라고 적혀 있다.

-헬보이들이야.

수송기에서는 덩치가 산만 한 사내들이 내렸다. 하나같이 인상이 험악한 자들이었다. 불꽃처럼 배색된 붉은 제복 코트가 바람에 휘날렸다. 그들은 수십 킬로그램이 넘는 중화기들을 한 손으로 가볍게 다뤘다.

"전원이 강화 신체 시술을 받은 특수부대…… 였지?"

이한은 어렴풋한 기억을 떠올렸다. 몇 번 들어본 적이
있다.

아크에서도 선별한 소년들만 강화 신체 시술을 한다. 몸이
다 커버린 성인에게는 강화 신체 시술의 효과가 미미하다.

─우리보다는 나이가 많겠지만, 20세가 넘는 녀석은 드물걸.

이한이 눈을 가늘게 떴다. 헬보이들의 이목구비에서는 어
렴풋이 소년의 흔적이 남아 있었다.

"우리보다도 덩치가 다들 커."

─미니언이나 괴수들에게는 중화기가 효과적이니까. 개인 무장이
불가능한 대형 장비를 사용하기 위해서야. 나도 저놈들과 협동 작
전을 펼친 적이 있어. 꽤 강해.

헬보이는 사이커가 아니지만 강화 신체 시술을 받았다. 그
들은 대미니언에 관해서는 미국의 최정예 부대다.

전쟁 이후, 캐나다와 멕시코가 무정부 상태가 되면서 미국
이 흡수했다. 전쟁과 혼란 속에서 미국은 군국주의적 형태를

띠게 됐다.

강한 군사력으로 내부의 혼란을 제압했다. 미국뿐만이 아니라, 대부분의 국가가 그런 형국이다.

겉으로는 인권과 자유를 외치면서 속으로는 합법적인 폭력으로 국가를 유지하고 있다. 억누르는 무력이 약해지면 언제 국가가 붕괴해도 이상하지 않다.

"여, 사일런스. 여전하구나. 그 까만 옷과 헬멧."

헬보이 중 하나가 사일런스를 발견하곤 다가왔다.

-안녕, 루프.

사일런스는 그의 이름을 알고 있었다. 그가 루프와 주먹을 마주쳤다.

"이야, 오랜만인걸. 1년 만인가? 난 지금 소대장이라고."

루프는 등에 100킬로그램이 넘는 짐을 짊어지고도 숨이 차 보이지 않았다. 2미터가 가뿐히 넘는 키에다가 어깨가 쩍 벌어져서 프로레슬링 선수 같았다. 붉은 배색의 제복이 화려하게 빛났다. 헬보이는 멀리서도 눈에 띄는 자들이었다.

-좋겠네. 그쪽 친구들 안 따라가도 돼?

사일런스와 대화는 시간이 오래 걸린다. 몇 마디 나누지도 않았는데, 헬보이들은 저 멀리 사라졌다. 루프는 아쉽다는 듯이 입맛을 다셨다.

"뭐, 앞으로 며칠은 여유가 있을 테니까. 나중에 보자고."

루프가 손을 흔들며 사라졌다. 이한은 루프가 멀어지는 걸 확인하곤 입을 열었다.

"사이가 좋네."

-저 녀석만 그래. 내가 목숨을 구해준 적이 있거든. 보통 다른 헬보이들은 우리를 싫어해.

이한은 잠시 눈을 감고 생각했다. 헬보이는 아크의 소년들보다 나이가 조금 더 많다. 그들은 강화 신체 시술을 받았다. 결론은 금방 나왔다.

"우리를 일종의 라이벌로 생각하겠군."

-맞아. 사이킥 능력만 없다면 우리가 더 전투력이 낮다고 생각해.

"사이킥이 없으면 우리 전투력이 자기들보다 낮다니. 그거 재미있는 농담이네."

이한이 가볍게 웃었다. 사일런스도 고개를 끄덕였다.

-헬보이들은 덩치가 커서 좋은 표적들이지. 눈 감고 쏴도 맞을 것 같아.

아크의 3학년도 고르고 고른 인재들이다. 쿠로 같은 경우를 제외하고는 사이킥 능력만 두고 뽑지 않았다.

KILL
THE
DRAGON

이한은 숙소로 지정된 호텔방에서 쉬었다. 파리 전체가 징집당한 거나 마찬가지다. 모든 시설을 군인들이 이용 가능하다. 그들이 드래곤 군단을 막아내지 못하면 파리는 잿더미 폐허가 된다.

"푹신해."

이한이 드물게 감격했다. 이렇게 푹신한 침대는 처음이었다. 실크로 만들어진 이불의 감촉은 아무리 만져도 지겹지 않았다. 이한은 사치와 호화라는 개념을 똑똑히 알았다. 냉장고 안에는 음료수가 가득했고, 선반에는 과자 바구니가 있었다.

"이거 끝내준다아아!"

크누트가 침대에서 방방 뛰며 말했다. 이한의 방은 2인실이라서 크누트와 함께 사용했다.

우우웅!

크누트는 과자 바구니를 염동력으로 가져왔다.

"맙소사, 입에서 살살 녹아. 이거 뭐라 읽는 거야? 나 프랑스어는 몰라."

크누트는 과자를 한 입 베어 물더니 감탄하며 말했다.

"나라고 알겠냐."

이한이 심드렁하게 말했지만 그도 처음 맛보는 식감에 놀랐다.

"우리 방마다 돌아다니면서 이거 쓸어 가자. 어차피 다른 군인들은 안 먹을걸."

"괜히 돌아다니지 마. 아크 군인들 말고 다른 소속도 많아."

이번 작전은 여러 국가에서 지원을 받았다. 이한은 그간 경험을 통해서 아크 소속이 아닌 군인들과는 최대한 접촉을 삼가야 한다는 사실을 알았다.

"헹, 지금은 분대장도 아니면서 명령하긴. 안 들을 거야."

크누트는 용감하게 밖으로 뛰쳐나갔다. 이한은 한숨을 푹 쉬었다. 3학년은 일상 통제를 거의 받지 않는다. 통제가 없는 생활 속에서 크누트는 고삐 풀린 망아지처럼 날뛰었다. 꽤나 주의받는 트러블 메이커다.

"흐음."

이한은 침대에 누워서 파리 시내 지도를 봤다. 그는 주요 건물들을 확인했다.

'준비하지 않으면 승리는 없어.'

이번 작전에서 이한이 준비한 것들이 쓸모없을지도 모른다. 하지만 만일의 경우라도 준비했던 것이 필요할 때가 온다면, 그 준비로 인해 승리를 얻는다.

똑, 똑.

누군가 문을 두드렸다. 이한은 염동력으로 문을 열었다.

"안녕."

오라클이 고개를 내밀며 들어왔다. 이한은 미묘한 표정을 지었다. 정확히 설명하자면 '저 여자가 또 왜?'라는 표정이었다.

"또 무슨 일이죠?"

이한의 말에 오라클이 어깨를 감싸며 부르르 떨었다.

"그 차가운 말투를 듣고 싶어서 왔지. 짜릿한걸. 자, 저번에 깔아뭉갠 옷을 세탁해 왔어."

오라클이 이한의 윗옷을 옷걸이에 걸쳤다. 그녀는 냉장고로 걸어가더니 맥주 한 캔을 땄다. 그녀는 머리를 뒤로 젖히고 맥주를 벌컥벌컥 마셨다.

"캬, 좋은걸. 프랑스! 꼭 한 번 오고 싶었지. 파리 여행은 모든 여자의 꿈이니까. 또 이렇게 내 인생의 꿈을 하나 이뤘네."

이한은 불만스러운 표정으로 그녀를 쳐다봤다.

"용건이 없으면 나가주시죠."

오라클은 고개를 저었다. 그녀는 단호하게 대답했다.

"싫어. 내가 왜?"

"여긴 제가 배정받은 방이니까요."

오라클은 귀를 막는 시늉을 했다.

"뭐, 그건 그거고. 사이코 프레임 테스트를 잘 끝냈다며? 출세했네. 슈퍼 슈트를 입은 인류의 구원자라니. 내가 저번에 말한 거 기억하지?"

이한은 고개를 끄덕였다.

"그 이야기는 그걸로 끝이라고 생각했습니다."

"내가 상부에 말해줄까? 이한은 이번 작전에 참가하면 죽습니다. 그 말 한마디면, 넌 당장 수송기에 실려서 아크에서 가장 안전한 방에 갇힐 거야."

오라클의 말은 사실이었다. 이한의 눈썹이 꿈틀거렸다.

"거절하겠습니다."

오라클의 동공이 살짝 커졌다.

"농담 아니야. 정말 드래곤이 나타난다고. 한 번 본 적이 있다면서? 너 그러다가 죽어. 아직 어리잖아."

오라클은 나름 호의를 베푼 것이다. 이번 작전은 무척 위험하다. 큰 희생을 감안하고 펼치는 작전이다. 그런 위험 속에서 빼주겠다는 오라클의 호의였다.

"어리다는 게 무슨 훈장입니까? 제가 어리다고 해서 그 누구도 지켜준 적도 없습니다. 오히려 좋은 먹잇감이 됐죠. 그러니까 제 목숨은 제가 지키겠습니다."

오라클은 당황했다.

'뭐야, 이 꼬맹이는…….'

단순히 차가운 줄만 알았는데, 인생관이 확고하다 못해 뼛속까지 박혀 있다. 마치 인생 밑바닥까지 보고 온 사람 같았다. 오라클은 이한에 대해 잘 모른다. 그저 레드 중사가 아끼는 수재 정도로만 알고 있다.

오라클은 잠시 멍하니 할 말을 잃었다. 저번에도 느꼈지만, 이한의 입에서는 그 나이 대에서 도저히 나올 수 없는 말들이 나왔다.

"너……."

오라클이 뭐라 말하려다가 가슴을 부여잡았다. 그녀가 비틀거리며 이한이 앉아 있는 침대로 넘어졌다.

"오라클?"

이한이 오라클을 바라봤다. 오라클은 쌕쌕거리면서 숨을 몰아쉬었다. 얼굴이 다소 창백했다. 그녀는 이한의 옷자락을 굳게 붙잡았다.

"……잠시만, 어깨 좀."

오라클은 고통스러운 듯했다. 그녀는 이한의 어깨와 옷을 꾸욱 쥐었다. 그녀의 손톱이 이한의 피부를 세게 눌렀다.

'사이킥 반응?'

이한이 오라클을 바라봤다. 그녀의 눈동자에서 푸른 안광이 흘러나왔다. 사이킥 에너지가 신경 회로처럼 피부 위로 퍼져 나갔다. 그녀를 쥐어짜듯이 사이킥이 빛났다.

'이게 사이킥 병인가.'

이한은 당장 의료진을 부르려고 했다. 오라클이 제지했다.

"아직 괜찮아. 이 정도는. 조금만 쉬면."

이한은 오라클이 진정될 때까지 기다렸다. 그녀의 가쁜 호흡이 천천히 가라앉았다. 피부에 번진 사이킥 자국도 흐릿했다.

똑, 똑.

이한이 고개를 들었다. 문을 열고 누군가가 들어왔다.

'크누트라면 노크할 리가 없어.'

끼익.

사일런스가 문을 열고 한 발자국을 들어오더니 멈춰 섰다. 그의 시선이 이한과 오라클을 바라봤다.

찰나의 무거운 정적이 흘렀다.

'침대에 앉아 있는 이한, 그 옷자락을 붙잡고 쓰러질 듯이 기대 있는 오라클…….'

사일런스는 뻣뻣한 동작으로 한 걸음 물러났다. 그가 아무런 제스처도 없이 방문을 조용히 닫았다. 그는 이한의 방문 앞에서 잠깐 서 있다가 천천히 자기 방으로 돌아갔다.

'뭔가 싸한걸.'

이한은 사일런스가 오해를 했다는 걸 알았다. 남녀 관계에 무지한 이한이라도 지금 같은 상황에서 사일런스가 어떤 착각을 했는지 알 만했다. 이한이 뭐라 말하기도 전에 사일런스가 자리를 비켰다.

"흐응."

오라클이 요사스러운 비음을 흘리며 일어섰다. 그녀는 상태가 많이 좋아진 듯했다. 얼굴에도 핏기가 돌았다.

"나아졌으면 이만 나가세요. 그리고 그만 좀 찾아와요. ……귀찮으니까."

이한은 오라클을 쫓아내다시피 했다.

오라클은 자신의 방으로 돌아가면서 단말기 홀로그램을 켰다. 푸른 홀로그램 화면이 떴다. 그녀는 이한에 관련된 데이터를 하나둘씩 전송받았다.

KILL
DRAGON

"싸워라! 싸워라!"

방에서 쉬고 있던 이한은 크누트의 손에 이끌려서 호텔 옥상으로 올라갔다. 물이 없는 옥외 수영장이 보였다. 수영장 안에는 두 사람이 들어가 있었고, 주위에는 아크의 소년들과 헬보이들이 모여 있었다.

 "드미트리가 헬보이와 시비가 붙었어."

 크누트가 설명했다. 누가 더 강하냐 논쟁이 붙었다가 결국 결투를 벌이기로 한 모양이다. 어쩌면 이런 일이 일어나지 않는 게 이상할지도 모른다.

 아크의 소년들도 자존심이 강하다. 스스로 최고라는 자부심을 가진 소년병들이 만났는데 일이 터지는 건 당연하다.

 "사이킥인지 뭔지 없으면 아무것도 못하는 놈들이. 우리가 누구?"

 수영장 안에 헬보이가 외쳤다. 주위 헬보이들이 한꺼번에 대답했다.

 "지옥에서 온 전사!"

 그 앞에 서 있던 드미트리가 코웃음을 쳤다.

 "우린 그런 유치한 구호가 없어도 다들 최고라는 걸 알아. 안 그래?"

 드미트리가 말하자마자 아크의 소년들도 환호하며 헬보이들에게 야유를 던졌다.

 '일종의 자존심 싸움이로군.'

이한은 그 광경을 지켜봤다. 드미트리는 헬보이에 비견될 정도로 덩치가 크다. 아크의 강화 신체 시술을 받는다고 다들 동일한 체격을 갖는 건 아니다. 인종마다 평균이 다르고, 개인 격차가 있다.

헬보이들은 강화 기준점이 높아서 다들 드미트리 수준의 덩치였다.

'분명 재활의 고통도 우리보다 심했겠지.'

이한은 주위 헬보이들을 바라봤다. 그들은 붉은색 계열의 옷과 장신구를 즐겼다. 소속감과 자부심이 높아보였다.

"덤벼라."

드미트리가 실룩실룩 웃었다. 그는 삼보 달인인 아버지 밑에서 자랐다. 걸음마를 뗄 때부터 삼보를 배웠다. 맨손 격투라면 아크의 소년들 중에서도 손에 꼽히는 실력자다.

"사이킥에 의존하는 샌님들에게 질 순 없지."

헬보이가 상의를 벗었다. 엄청난 근육이 드러났다. 그들은 수십 킬로그램 중량의 무기를 다루는 병사들이다. 따로 웨이트 트레이닝을 하지 않아도 근육이 붙는다.

'이건 상식 밖의 체격인데.'

이한이 중얼거렸다. 헬보이의 근육은 엄청났다. 총알을 맞아도 뚫리지 않을 것 같았다.

"이거 해볼 만하겠는데."

드미트리가 식은땀을 흘리며 말했다. 인간이 아니라 맹수와 마주하는 느낌이었다. 그는 손을 가볍게 뻗으며 거리를 쟀다.

퍽!

드미트리가 연계를 하며 주먹을 휘둘렀다. 헬보이가 둔한 움직임으로 공격을 맞았다.

'유효타가 없어. 애초에 피할 생각이 없는 대신에 그냥 잘 맞고 있다.'

헬보이는 드미트리의 공격을 읽어냈다. 팔다리를 이용해 적당히 막고, 근육이 두꺼운 부분으로 주먹을 맞았다.

'드미트리도 느끼겠지. 벽을 두드리는 느낌일 거다. 남은 건 관절기 정도인가.'

드미트리는 삼보 기술을 익혔다. 아크의 소년들에게는 맨손 격투기 자체가 비주류다. 하물며 관절기는 대부분 문외한이다. 제대로 된 관절기를 구사하는 건 드미트리와 몇 명뿐이다.

'하지만 헬보이도 대인전을 가정하고 창설한 부대는 아니다. 격투기를 잘하는 녀석은 드물겠지.'

이한도 흥미롭게 상황을 바라봤다. 그도 마음 한구석에 드미트리가 이겼으면 하는 마음이 있었다.

쾅!

헬보이의 주먹이 요란한 소리를 냈다. 드미트리가 팔을 들어서 막았다.

휘릭!

드미트리가 헬보이의 팔을 붙잡아서 매달렸다. 그는 몸무게를 실어서 짓눌렀다.

"흡!"

헬보이의 팔이 부러질 듯이 **뻣뻣하게** 휘었다.

"항복해! 이 자식아!"

드미트리가 악을 쓰며 외쳤다. 헬보이의 팔에서 근육이 부풀었다. 그는 매달린 드미트리를 두 손으로 잡아서 들어 올렸다.

"어, 어!"

드미트리가 당황했다. 그는 100킬로그램이 넘는 거구다. 헬보이는 거뜬하게 드미트리를 들어서 바닥에 내려쳤다.

쾅!

"흐흐흐!"

헬보이가 드미트리를 연거푸 땅바닥으로 내려치더니 수영장 바깥으로 던졌다. 드미트리가 땅바닥을 굴렀다.

"제길!"

드미트리가 땅바닥을 치며 일어섰다. 드미트리의 장외 패였다. 당장 드래곤 군단과 전투를 앞두고 있다. 아무리 시비가 붙어도 하나가 전투불능이 될 때까지 싸우지는 않는다. 항복하거나 수영장 바깥으로 튕겨 나가면 패배다.

"가볍군! 가벼워서 근력 운동도 되지 않겠어!"

승리한 헬보이가 팔 근육을 자랑하며 말했다. 헬보이들이 소리를 지르며 호탕하게 웃었다. 아크의 소년들은 서로의 눈치를 봤다. 다음에 누가 나설지 정하는 듯했다.

저벅, 저벅.

소년들이 좌우로 갈라졌다. 새카만 해골 가면을 쓴 사일런스가 걸어 나왔다. 그는 수영장 안으로 들어갔다.

'불쾌해. 아무라도 좋아.'

사일런스는 손가락을 까딱이며 덤비라는 신호를 보냈다. 그는 날렵한 체형이다. 헬보이 앞에서니 더욱 왜소했다.

"지금 장난해? 한 방 맞으면 뼈가 부러질 것 같네. 다른 놈들 없어? 이런 녀석이 너희들 대표냐?"

나서는 소년은 없었다. 사일런스는 아크에서도 가장 유명한 전투 대원이다. 모든 상황에 대응 가능한 전투 기술을 갖고 있다.

"만만하게 보다가는 망신당할걸."

헬보이들 중에서도 몇몇은 사일런스를 알았다. 그들은 사일런스에 대해 높은 평가를 내렸다.

"흠, 꽤 유명하단 말이지. 좋아, 2라운드다."

사일런스와 헬보이는 수영장에서 마주했다. 사일런스는 팔다리를 가볍게 흔들었다.

'부숴 버리겠어.'

살의마저 슬그머니 솟았다. 그는 몹시 짜증이 난 상태다.

'마음에 들지 않아, 그 여자.'

사일런스는 오라클 같은 부류의 여자가 싫었다. 절도도 목적의식도 없는 방탕한 여자다. 아크에 어울리지 않는 인물이다.

아크의 군인들은 사명 의식이 있다. 인류를 지킨다는 숭고한 목적 아래에서 싸우는 자들이다. 때론 목숨을 버려가며 가족과 조국을 위해 싸운다.

사일런스는 그런 강한 의지를 가진 군인들을 존경했다.

'우리들 틈에 그런 저질스러운 여자는 필요 없어. 이한에게 들러붙는 것도…… 짜증 나. 아까 전에는 뭐 하는 짓이었던 거야.'

분노를 태울 장소를 정했다. 뭐라도 하지 않으면 화를 참기가 힘들었다.

끼익!

사일런스가 미끄러지듯 앞으로 움직였다. 섬광 같은 주먹이 헬보이의 안면을 강타했다.

"어쭈! 이 정도는…… 윽!"

사일런스는 완벽한 연타를 먹였다. 보는 사람들은 사일런스의 팔다리가 길어진 듯한 착각마저 들었다.

'피부와 근육이 단단하고 두꺼워.'

사일런스는 발차기를 하면서도 유효타가 없다는 걸 알았다.

'하지만 인간의 몸은 아무리 단련해도 갑옷을 두르진 못해.'

사일런스는 발끝을 예리하게 접었다. 무릎과 골반을 틀어서 궤도를 바꿨다.

좌락!

"억!"

헬보이가 목을 부여잡았다. 사일런스가 발끝이 헬보이의 목젖을 타격했다. 헬보이가 구역질이 난다는 듯이 상체를 숙였다.

휘익!

사일런스가 허공에서 한 바퀴 돌았다. 발뒤꿈치로 헬보이의 뒷머리를 내리찍었다.

"우엑!"

헬보이가 우악스러운 소리를 내면서 수영장 바닥에 고꾸라졌다. 아크의 소년들의 함성이 터졌다. 사일런스는 신기에 가까운 발동작으로 헬보이를 제압했다.

퍽!

사일런스가 쓰러진 헬보이의 옆구리를 걷어찼다. 도발의 의미였다.

까닥까닥.

말하지 않아도 의미는 전해졌다. 쓰러진 헬보이를 대신해서 다른 헬보이가 앞으로 나왔다.

"난 저놈과는 달라. 그런 수작에 당하지 않는다고."

새로운 헬보이가 자신만만하게 외쳤다. 사일런스가 천천히 고개를 들어서 헬보이를 바라봤다.

'오라클.'

사일런스는 오라클에 대한 짜증을 헬보이에게 풀었다. 그는 빠르게 달려가더니 헬보이의 팔을 잡아서 뒤로 꺾었다. 드미트리가 시도했던 꺾기와 똑같은 짓이었다.

"드미트리도 실패했는데?"

크누트가 반문했다. 이한도 의아한 생각이 들었다. 드미트리의 완력으로도 실패했던 꺾기다. 몸무게와 힘이 떨어지는 사일런스가 성공할 리가 없다.

우득!

"끄아아아아아!"

헬보이가 고함을 질렀다. 사일런스는 헬보이의 팔이 아니라 손가락을 잡아서 꺾었다. 대인 격투에 경험이 많고 익숙하다는 증거였다.

"이 자식이!"

헬보이는 꺾인 손가락을 다시 반대 방향으로 꺾었다. 사일런스는 그 틈조차 주지 않았다. 헬보이의 머리를 잡고 안면에 무릎을 박아 넣었다. 양손을 주먹으로 쥐고 헬보이의 두 개골을 좌우로 강타했다.

"우으으응!"

헬보이의 눈동자가 뒤집어졌다. 그 뒤로도 2명의 헬보이가 차례대로 사일런스에게 덤볐다. 사일런스는 다채로운 수법으로 헬보이들을 하나둘씩 제압했다.

'칼만 잘 쓰는 게 아닌 줄은 알았지만…….'

이한조차 사일런스의 대인 격투 능력에 놀랐다. 예전에도 사일런스가 스모 패거리에게 몰렸을 때, 맨손만으로 순식간에 4명을 제압했다.

'역시 스모가 허약한 게 아니야. 사일런스가 그냥 강한 거였어.'

헬보이라는 강한 상대 앞에서 사일런스의 기술은 더 빛을 발했다. 근접 전투 전문가라는 호칭이 아깝지 않다.

"이제 그만. 축제는 끝났다. 친선전이라고, 친선전."

사일런스와 친분이 있는 헬보이, 루프가 말했다. 그는 흥분한 헬보이들을 진정시켰다. 지금 모인 헬보이들 가운데서는 가장 계급이 높은 듯했다. 헬보이들은 뭐라 구시렁거렸다. 명백한 헬보이들의 패배였다.

"덩치만 컸지! 엄마 젖이나 더 먹고 와라!"

아크의 소년들이 조롱을 했다.

"이야! 사일런스, 수고했어!"

사일런스가 수영장에서 올라왔다. 소년들이 그의 등을 한 번씩 툭툭 쳤다. 사일런스는 인파를 지나서 이한을 스쳐 지나갔다.

"사……."

사일런스는 이한의 말을 기다리지도 않고 지나쳤다. 이한은 내뱉던 단어를 삼켰다. 무안해진 그가 턱을 긁적였다.

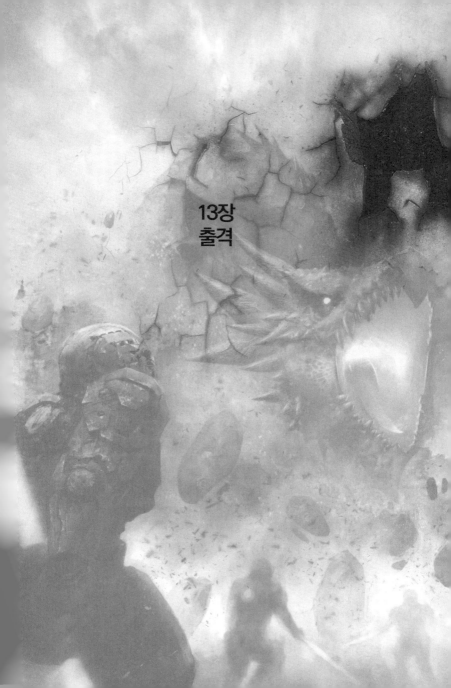

13장
출격

"사이코 프레임을 쓰겠다고?"

오라클이 말했다. 레드 중사는 별거 아니라는 듯이 고개를 끄덕였다.

레드 중사는 기술 팀과 함께 사이코 프레임을 조율했다. 한쪽에서는 붉은 도색의 1세대 사이코 프레임이 정비 중이었다.

"뭐, 당연하지. 사이코 프레임 강화병이 몇 명이나 남았다고. 나까지 포함해야 팀 하나를 겨우 만들어."

레드 중사는 1학년 교관으로 돌아간 지 얼마 되지 않아 다시 현역 복귀 명령을 받았다. 레드 중사도 그런 조치를 당연하게 생각했다. 바하무트에게 많은 강화병을 잃었다. 레드 중사를 놀려둘 여력은 없다.

"미쳤군. 그 다리로 사이코 프레임이라니."

오라클은 레드 중사의 한쪽 다리가 의족이라는 걸 안다. 사이코 프레임은 탑승이 아니라 착용이다. 발이 부자연스러우면 그만큼 영향이 미친다.

"그래서 조율하고 있잖아. 시끄럽게 땍땍거리지 마."

"자기 발로 무덤으로 걸어가는 게 보여서 그러지."

툭툭.

기술자들이 레드 중사에게 눈치를 줬다. 오라클 좀 밖으로 데려가라는 뜻이었다. 레드 중사는 그걸 알아채고는 오라클의 팔을 잡았다.

"따라와. 한잔하자."

호텔 드링크 바에는 군인이 몇 명 있었다. 아크의 군인은 물론이고 외부 특수부대원들도 있었다. 아크의 군인 중 상당수가 원래 특수부대 출신이다. 당연히 오랜만에 회포를 푸느라 정신이 없었다.

딸깍.

레드 중사는 오렌지 주스를 가져와서 병을 땄다. 그는 물끄러미 오라클을 바라봤다.

'이 녀석은 군인이 아니니까.'

아크의 군인들은 징병이 아닌 자원이다. 모두 세상에서 가장 위험한 부대에 자의로 들어온 셈이다.

명예, 복수, 애국심, 사명…….

목숨을 걸 만한 사유가 하나둘씩 있었고, 그건 높은 사기와 정신력의 바탕이 됐다. 인류 역사상 이보다 뛰어난 군인 집단은 없었을 터다.

"정 불안하면 내 미래를 보든가. 살아 있을지 죽어 있을지."

레드 중사가 말하자, 오라클이 눈을 치켜떴다.

"그깟 네 미래는 관심도 없어. 그냥 미친 짓을 하는 게 한심할 뿐이니까."

오라클이 냉랭하게 말했다. 레드 중사는 오라클을 잘 안다.

'가까운 사람의 미래는 절대 보지 않지. 만약 확정된 죽음이라도 보게 된다면 끔찍하니까.'

오라클은 모든 미래를 보지는 못한다. 거대한 사건을 예언할 뿐이며 사건의 결과까지는 맞추지 못한다. 단편적이고 1차원적인 예지 능력이다.

변동이 많은 사소한 일이나 개인의 미래는 더 두리뭉실하게 예언한다. 그녀가 결과까지 확실한 예언을 보는 일은 드물다.

"그 잘난 강화 슈트를 입고 가서 죽어버려. 잔소리할 사람 없어지면 나야 좋지. 그리고 술이라도 가져와. 지금 나보고

애들처럼 주스나 마시라는 거야?"

"건강에 안 좋아."

레드 중사가 단번에 거절했다.

"건강에 신경 쓰기에는 늦었다고 생각 안 해?"

"치료법 연구 중이야."

"날 바보로 알아? 이 병에 걸린 사람 중에 생존자가 몇이
나 있지? 전쟁이 끝날 무렵에 태반이 다 죽었어. 10년이 더
지난 지금은? 이 병에 걸린 생존자가 나밖에 없잖아. 표본도
없는데 어떻게 연구하고 치료 방법을 찾겠다는 거지?"

레드 중사가 인상을 찌푸렸다. 그도 냉동 수면에서 오라클
을 깨우기가 싫었다. 현실적으로 사이킥 피폭을 치료하는 건
불가능했다.

"그러니까 연구소에 처박혀서 치료를 받으라는 거잖아.
망할."

나긋하던 레드 중사의 말이 험악해졌다.

"적어도 남은 삶만큼은 마음대로 하고 살 거야. 날 묶어두
는 건 10년이면 족하잖아."

레드 중사는 여기에 대해서는 이야기하기를 포기했다. 설
득할 명분도 기력도 없다. 발랄하고 순수했던 소녀는 더 이
상 없었다. 종말에 찌들어 패배한 인간이 여기에 있었다. 머
리만큼이나 가슴이 식었다.

"그 이야기는 집어치우자고. 그래, 처먹고 싶으면 먹어."

레드 중사가 염동력으로 보드카를 꺼내 왔다. 그는 보드카를 잔에 따르고는 불을 붙였다. 그는 불꽃을 머금은 보드카를 스트레이트로 마셨다.

"진작 그럴 것이지."

오라클은 보드카를 한입 머금었다. 차가운 불꽃을 삼키는 기분이다. 목구멍부터 태워가듯 배 속까지 뜨거워졌다. 그녀는 알싸하게 스며드는 취기에 기분 좋게 웃었다. 레드 중사는 무덤덤하게 그녀의 잔을 채워 넣었다.

'미친 세상에서는 미친 짓이 정상일 뿐이지.'

"으음."

오라클은 잠에서 깨어났다. 레몬빛 머리카락이 잔뜩 흐트러졌다. 가느다란 손가락으로 이불을 당겼다. 죽었던 의식이 조금씩 고개를 들이밀었다.

닫힌 커튼 사이로 햇빛이 부서지며 떨어졌다. 그녀는 머리가 욱신욱신 쑤셔와서 미간을 찡그렸다. 가장 먼저 어젯밤에 무슨 일이 있었는지 하나둘씩 떠올렸다. 기억이 흐리고 단편적이다.

'레드 중사와 술을 마시고…… 그 뒤에는?'

오라클은 기억을 더듬다가 여기가 자신의 방이 아니라는

걸 알았다. 얼핏 보이는 옷가지로 봐서는 레드 중사의 방이었다.

'일을 저지른 건가!'

오라클은 정신이 번쩍 들었다. 그녀가 이불 속을 바라봤다. 속옷 차림이지만 벗었던 흔적은 없었다. 거울 앞에 선 오라클은 가슴과 목덜미를 확인했다. 피부는 깨끗했다. 묘한 기분이 들었다. 이중적인 감정이 교차했다.

"꼴에 젠틀맨 흉내인가."

오라클은 중얼거리면서 욕실로 들어가 세수를 했다. 그녀는 수건을 목에 걸치곤 서랍장을 뒤적였다. 시가밖에 없었다.

"여전히 고약한 취향이군."

오라클은 시가라도 피우려다가 문득 불이 없다는 걸 알았다. 레드 중사가 라이터 따위를 방 안에 구비해 둘 리가 없다.

"끄응."

오라클은 신음하며 시가를 바닥에 내던졌다. 입이 텁텁하고 머리도 띵하다. 그녀는 자신의 방으로 돌아가서 더 쉴 생각이었다. 외투를 챙겨 입고 주섬주섬 밖으로 나갔다.

"어? 너는?"

밖에 나가던 오라클은 낯익은 얼굴을 발견했다. 정확히 말해서 가면이었다. 사일런스가 레드 중사의 방 앞을 지나고 있었다.

사일런스는 물끄러미 오라클을 쳐다봤다. 그의 기억에 따르면 오라클이 나온 방은 레드 중사의 처소였다.

'아직 덜 깨어난 듯한 말투와 눈동자, 흐트러진 머리, 매무새가 엉망인 옷, 찌든 술 냄새.'

사일런스는 혐오스럽다고 생각했다. 이런 여자와 놀아나는 레드 중사도 영 마음에 들지 않았다.

-걸레(Bitch).

사일런스가 전자 노트에 글자를 적어서 들었다. 오라클의 눈동자가 커졌다. 그녀가 당황하며 손을 흔들었다.

"얘, 무슨 오해가 있는……."

사일런스는 오라클의 변명을 듣지 않았다. 손바닥을 뻗어서 고개를 좌우로 저었다.

-오해라면 오해를 만들 행동을 하지 말 것.

사일런스는 단호했다. 그는 오라클을 뒤로하곤 뚜벅뚜벅 걸어갔다. 오라클이 머리를 긁적였다.

'나를 싫어하는 모양이네. 난 애들이랑 상성이 맞지 않는 걸까.'

오라클은 3학년들이 안쓰러웠다. 온전히 자신의 의지로 군인의 길을 선택한 사람들과 다르다. 오라클이 보기에 3학년들은 사명이라는 이름의 광기에 시달리고 있다. 사리분별도 못하는 아이들은 숭고한 사명이라는 말에 감화될 수밖에 없다.

'전쟁이 승리로 끝나면 누가 저 아이들을 책임질 수 있을까.'

KILL THE DRAGON

위이잉!

이한은 사이코 프레임을 착용했다. 팔다리를 움직였다. 이번 작전에서 이한이 사이코 프레임으로 출전할 가능성은 높다. 그 때문에 제3팀 전체가 현장까지 이동했다. 옥토는 저번의 테스트를 바탕으로 몇 가지 개선을 했다.

"관절부가 더 뻑뻑할 거야. 가동성은 떨어지겠지만 저번과 같은 불상사를 막을 수 있겠지. 인간이란 생각 외로 약하구나. 기계의 성능을 따라가지 못하다니."

"잘도 그런 말이 입에서 나오네요."

이한이 대답했다. 옥토 나름의 농담이었다.

"그리고 냉매제를 안에 부착했어. 생각보다 열이 빨리 올라가더군. 가동하면 1, 20분 정도는 더위 때문에 고생할 일은 없을 거야."

"이번에도 찜통에 그냥 처넣으려고 했다면 그 두툼한 멱살을 쥐어 잡았을 겁니다."

이한은 반은 진심이었다. 테스트 때에 죽는 줄 알았다. 잠깐 움직였는데도 땀과 열이 슈트 안에 차올랐었다.

옥토는 마치 선심을 쓰듯이 개선점들을 설명했다. 저번 테스트로부터 한 달도 지나지 않았다. 옥토는 임시 처방을 해서라도 사이코 프레임이 당장 사용 가능한 상태로 만들었다.

"그리고 새로운 무기다. 아프리카에서 발견한 드래곤의 뼈를 가공한 거야."

이한은 기다란 창을 바라봤다. 사이코 프레임 크기에 맞춘 창이었다. 이한은 창을 잡아서 이리저리 휘둘러 봤다. 균형감이 나쁘지 않았다.

"몸이 전체적으로 무거운데요. 추가 장비가 많나요?"

옥토가 박수를 치며 기다렸다는 듯이 웃었다. 그의 얼굴에서 가장 생기가 돋는 순간이었다.

"이제부터 설명해 주지. 왼팔과 오른팔에는 공중전 장비와 동일한 갈고리 총이 있다. 케이블은 어깨에 달린 케이스와 연결했어."

이한은 팔뚝 아래를 바라봤다. 갈고리 총이 보였다. 이것 때문에 팔을 움직일 때 묵직했다. 갈고리 총에 달린 튜브는 팔꿈치와 어깨를 타고 견갑골까지 연결됐다. 견갑골에는 케이블을 수납하는 케이스가 부착됐다.

"이거 잘 작동하는 거죠?"

"당연하지. 탈착도 가능하니까, 지상전이 시작되면 떼어 버려. 하여튼 스파이더맨이 따로 없다니까!"

옥토가 손뼉을 치며 말했다.

"네? 스파이더맨?"

"아, 그런 게 있어. 작동 원리는 기존 갈고리 총과 동일해. 써봐."

이한은 옥토의 말대로 30미터 떨어진 과녁을 조준했다. 헬멧 실드의 홀로그램으로 조준 보정이 떴다. 보다 정밀한 조준 사격이 가능했다.

팟! 쉬리리릭!

갈고리가 발사됐다. 케이블이 별똥별 꼬리처럼 뻗어갔다.

"새끼손가락을 안쪽으로 구부리거나 수동으로 버튼을 눌러."

이한이 새끼손가락을 안쪽으로 깊게 구부렸다. 어깨의 케이블 케이스에서 모터가 돌아가는 소리가 났다.

촤아아아악!

이한은 끌려가다가 무릎을 구부리며 버텼다. 사이코 프레임의 중량이면 충분히 수동으로 조절 가능한 모터 출력이었다. 자주 그랬다간 금방 고장이 날 터다.

"이거 어떻게 멈춰요?"

옥토가 잠시 생각하더니 말했다.

"새끼손가락을 똑같이 구부리면 케이블이 멈추고, 검지를 똑같은 방식으로 움직이면 갈고리가 빠질 거다."

이한은 몇 번의 반복 연습을 했다. 배움이 빠른 이한도 조작 방식에 익숙해지기 힘들었다.

"꽤 번거롭네요. 그냥 들고 다니는 갈고리 총을 쓰면 안 됩니까?"

옥토는 고개를 저었다. 그는 자신이 개발한 장비를 이것저것 달았다. 프로토 타입의 장비가 실전에서 입증되면 표준 장비로 적용될지도 모른다.

"익숙해지기만 하면 몇 배는 유용할 거야. 어차피 이번 작전에서 공중전은 1세대에게 맡긴다. 넌 사이코 프레임으로 공중전을 할 수준이 아니야."

이한은 새롭게 달린 장비들을 하나씩 사용해 봤다. 점프팩도 출력이 훨씬 강했다.

"점프팩은 충격이 받으면 터질 수도 있어. 등으로 뭘 막는 행위는 금지야. 터지면 꽤 많이 아플걸."

"아프기만 하겠어? 치프가 좀 아프겠다는 말하면 죽는다는 의미지."

옆에 있던 기술자가 웃었다. 점프팩은 위험한데도 불구하고 필수 장비다. 사이코 프레임에게 공중 기동 능력은 필수다. 아무리 성능이 좋은 사이코 프레임이라도 지상에서 날아다니는 드래곤을 잡지는 못한다.

'등은 맞으면 안 된다.'

이한은 그 말을 머릿속에 새겼다. 사이코 프레임조차 날아올리는 점프팩의 출력이다. 기술 쪽에 문외한인 이한도 이게 터지면 어찌 될지 뻔히 알았다.

'옥토는 나를 사이코 프레임의 부품과 동급으로 생각하는 게 아닐까.'

이한은 옥토를 힐끗 바라봤다. 종종 그의 말투에서는 비인간적인 광기가 흘렀다. 그런 광기가 그를 지금의 자리로 이끈 것이다.

작전 개시가 가까워질수록 하늘이 어두워졌다. 사이커들은 오감이 곤두서는 느낌을 받았다. 누구 하나 말하지 않아도 파리에서 무슨 일이 일어날 거란 걸 알았다. 예정된 유예 시간이 끝났다.

예언된 날짜, 군인들은 유서를 쓰고 전선으로 나왔다. 파리는 묵직한 침묵으로 가득했다.

아크의 참모진은 최후의 최후까지 플랜을 짰다. 작전 실패란 용납되지 않는다. 두 번째 기회란 사치스러운 말이다. 현실에서는 실수 한 번과 실패 한 번으로 모든 것이 끝나기도 한다.

'이번에 가용하는 강화병은 1세대 4명. 2세대 1명.'

가장 이상적인 상황은 1세대로 구성된 팀으로 드래곤을 사살하는 일이다.

'중요한 건 미니언이 아니라 드래곤이지.'

드래곤이 살아남는다면 패배하는 쪽은 아크다. 전투 승리 조건은 아크 쪽이 훨씬 까다롭다.

"운이 좋다면 나가지 않아도 되겠네."

옥토가 말했다. 이한은 옥토와 제3기술 팀은 차량에서 대기 중이었다. 차량 트레일러에는 사이코 프레임과 장비가 실려 있다.

"운이 좋다면 말이죠."

이한이 중얼거렸다. 아크의 모든 역량이 집중된 작전이다. 미니언 따위는 아무리 몰려와도 두렵지 않다. 철저하게 준비된 상황에서 미니언 군단들은 오합지졸일 뿐이다.

'하나 사이커들이 드래곤 사살에 실패하는 순간, 끝장이다.'

아크에서 무리하면서까지 2세대 강화병 확보를 서두른 이유다. 티라나 차원 균열에서 잃은 1세대 강화병들의 공백은 컸다.

"어쩌면 이번 전투로 모든 게 끝날지도 모르지."

옥토가 하늘을 바라봤다. 10년의 평화는 길었다. 어떤 이들은 드래곤의 위협을 잊었다. 인류가 멸망할 거라는 위기의식은 흐려졌다. 아크의 존속 위기도 있었다. 드래곤이 재등장하고 나서야 아크는 세계의 지지를 다시 얻었다.

"끝나지 않아요."

이한은 옥토의 부정적인 발언이 싫었다.

"만약 우리가 여기서 패배한다면 뒷짐을 지고 구경하는 높으신 분들이 서로를 탓하며 후회하겠지. 정말 인류가 사심 없이 하나가 됐다면 우린 더 빨리 준비가 가능했어. 지난 10년 동안 아크는 미니언과 싸운 게 아니야. 같은 인간이 가장 골치 아픈 상대였고, 아크는 언제나 예산이 부족했지."

옥토의 눈동자가 차갑게 가늘어졌다. 그는 감자칩을 으적으적 씹었다.

"전 그 사람들을 위해 싸우는 게 아닙니다."

이한은 인상을 찌푸렸다. 그가 아크에 온 동기도, 훈련을 받은 목적도 주위 사람을 지키고 싶다는 의지에서 나온 것이다. 거국적으로 인류를 지킨다는 사명감 따위 그에게 와

닿지 않았다. 다른 소년들처럼 사명감을 세뇌당하지 않았다. 다른 목적이 침투하기 힘들 정도로 이한의 자아와 목적의식은 깨끗하고 명료했다.

동생들이, 친구들이…… 살아남을 수만 있으면 충분하다.

"시작한다."

하늘이 샛노랗게 변했다. 붉은색, 푸른색…… 여러 색이 교차하며 지나갔다. 폭풍 같은 기류가 몰아쳤다. 땅이 들썩이고 어디선가 아득한 비명과 포효가 들렸다.

"곧 땅이 갈라지겠군."

지금까지 차원 게이트는 땅바닥에서 열렸다. 지진과 비슷한 형태로 땅이 갈라지고, 그 밑바닥에서 미니언들이 기어나오고 드래곤이 솟아올랐다.

무전이 여기저기서 들렸다. 지휘부의 명령에 따라 부대들이 이동했다. 그 부대에서는 3학년들도 있었다.

"기분이 묘하게 나쁜걸. 속도 울렁거려."

사이커 부대에 속한 크누트가 말했다. 사이커들의 역할은 엘루 메이지를 비롯해 통상 화력으로 제압 불가능한 미니언들을 제거하는 일이다.

"토하고 싶으면 지금 손가락 목구멍에 집어넣어."

옆 분대에서 지나가던 사이먼이 말했다.

"그 정돈 아니고."

대부분 사이커가 옅은 구토감이나 멍한 감각을 느꼈다. 차원 게이트가 열린다는 증거다.

쩌, 쩌저적!

"맙소사."

땅바닥이 갈라지길 기다렸던 군인들이 고개를 들었다. 그들은 형형색색으로 빛나는 하늘을 쳐다봤다.

고- 오오오오!

하늘이 갈라졌다. 공간이 쪼개졌다. 세계 그 자체를 발톱으로 가르듯, 검붉게 찢어진 공간은 점점 벌어졌다. 안쪽에서는 미니언들의 흐느낌이 메아리치듯 들렸다.

"하늘이라고?!"

지금까지 차원 게이트는 땅이 갈라지면서 발생했다. 당연히 병력의 배치와 방어 시설도 그걸 감안했다. 예상 밖의 차원 게이트 위치에 지휘부에서는 소란이 일었다.

쿵!

차원 게이트가 완성됐다. 갈라진 공간 틈으로 미니언들이 몸을 비집고 나왔다. 그들은 바닥으로 떨어졌다. 비행 능력이 없는 미니언들은 떨어지자마자 죽었다. 그럼에도 불구하고 미니언들은 광기에 내몰리듯 꾸역꾸역 떨어졌다.

-대기.

군인들은 그 상황을 바라봤다. 살육의 폭포 같았다. 차원 게이트에서 떨어진 미니언들의 시체가 쌓여갔다.

'실수인가, 의도적인 건가.'

지휘부에서조차 정확한 판단을 내리지 못했다.

철퍽, 철퍽.

미니언들의 피와 육편이 쌓여가면서 낙하 충격이 상쇄됐다. 튼튼한 미니언들이 시체 속에서 몸을 일으켰다. 그들의 눈동자는 하나같이 붉었다. 그런트들이 고함을 지르며 군인들에게 달려왔다.

ㅡ작전 개시.

군인들은 당황하지 않았다. 오히려 생각보다 상황이 훨씬 좋았다. 그들은 포위망을 형성해서 미니언들을 섬멸했다. 화력도 충분하고 진형도 갖췄다. 단순한 그런트들의 돌격은 원시적인 수준이었다. 그런트들은 제대로 무기조차 휘두르지 못하고 쓰러져 나갔다.

위잉!

건물 곳곳에 설치된 고정 포대들이 움직였다. 정밀한 사격이 미니언들에게 쏟아졌다.

"폭탄귀다! 떨어뜨려!"

끼이이이!

갑자기 고막을 찢듯이 요란한 소리가 들렸다. 차원 게이트에서 한 무리의 비행체들이 쏟아졌다. 3미터 남짓한 괴생명체는 비행 능력이 있었다. 복어처럼 부풀어 오른 배는 붉게 빛났다. 부딪히는 순간 폭발한다고 해서 폭탄귀라고 불린다.

"제기랄! 흩어져!"

폭탄귀가 뭉친 군인들 사이로 떨어졌다. 기계화 병력도 속절없이 당했다. 산개한 군인들은 폭탄귀를 피하느라 여념이 없었다. 고정 포대들은 폭탄귀를 가장 먼저 격추하도록 프로그래밍됐지만, 폭탄귀의 숫자가 워낙 많았다.

─1선을 포기한다.

상부에서 명령이 떨어졌다. 폭탄귀를 제거하면서 2선으로 물러난다는 계획이다. 각 부대는 정해진 위치에서 루트를 따라 이동했다. 매섭게 쫓아오던 폭탄귀들이 함정에 걸려서 하나둘씩 터졌다.

콰─ 앙!

"미쳤군. 미쳤어."

크누트가 보지도 않고 뒤로 총을 갈겼다. 폭탄귀는 가장 무서운 미니언 중 하나다. 폭탄귀 무리들은 망을 형성해서 전투기 편대들도 잡아낸다. 기동력이 떨어지는 전차들은 말할 것도 없다. 뭉친 보병 분대에 떨어지는 날에는 전멸이다.

"아직 움직임이 조직적이진 않다. 엘루 메이지가 조종하지 않는다는 거다."

분대장이 말했다. 엘루 메이지가 폭탄귀를 통제하면 효율이 말도 안 되게 올라간다.

끼이이이!

분대장의 눈동자가 커졌다. 3미터짜리 폭탄귀가 매섭게 날아왔다.

"엎드려!"

분대장이 분대원들을 돌아보며 외쳤다.

콰— 앙!

도주로 앞으로 폭탄귀가 떨어졌다. 벌겋게 달아오른 폭탄귀가 요란하게 폭발했다.

크누트의 눈앞이 캄캄해졌다. 귀에는 이명이 싸하게 들렸다.

삐이이이— 익!

찰나의 시간이 길게만 느껴졌다. 크누트가 귀를 감싸며 눈을 떴다. 시야가 반토막 났다. 왼쪽 눈이 아팠다. 그의 몸은 새카맣게 그을리고 박살 났다. 본능적인 힐링 팩터가 그의 생명을 유지했다.

"카학!"

크누트가 각혈했다. 앞서가던 분대원들은 시체의 흔적조차 없었다. 잔열이 남은 땅바닥만이 보였다. 크누트는 잠시 상황을 인지하지 못했다. 어리둥절한 표정으로 주변을 살폈다. 곧 오른쪽 눈동자의 초점이 돌아왔다.

쿵! 쿵! 쿵!

크누트의 심장이 뛰었다. 그는 일어서려다가 주저앉았다. 다리가 엉망진창이었다. 뼈가 보일 지경이었다. 그의 오른쪽 눈에서 초록빛 안광이 계속 새어 나왔다.

힐링 팩터를 사용하고 있지만, 몸이 원래대로 돌아가는 데는 한참이 걸렸다.

'다 죽었어.'

방금 전까지 명령을 내리던 분대장이 시체조차 남기지 못하고 죽었다. 다른 분대원들도 마찬가지였다. 가장 후방에 있던 크누트였기에 폭발의 영향을 적게 받았다.

"아, 아."

크누트는 간신히 입을 뗐다. 원래라면 죽었을 상처다. 힐링 팩터를 가진 크누트이기에 살아남았다. 폭발에서 유일하게 살아남은 분대원이다.

상황을 정리하고 생각할 시간도 없었다. 늑대의 울음소리에 크누트의 귀가 쫑긋했다.

크륵!

웨어울프 하나가 모퉁이를 틀며 달려왔다. 크누트는 불완전한 몸이지만 반사적으로 움직였다. 훈련받은 대로 총을 잡고 쐈다. 생각보다 몸이 앞섰다.

투두두두두!

총알의 저지력이 부족했다. 웨어울프가 크누트의 어깨를 물었다. 살점이 뭉텅이로 잘려 나갔다. 웨어울프의 손톱이 크누트의 내장을 헤집었다.

'이 자식들이……'

크누트의 오른쪽 안광이 더욱 강렬하게 빛났다. 물리 법칙을 초월한 재생 능력이다. 살점이 돋아나고 근육이 재생했다. 재생 속도는 웨어울프보다 더 빨랐다. 데스윔에 비견될 정도였다.

촤악!

크누트는 창을 뽑아서 웨어울프의 머리에 꽂았다.

까드드득!

크누트는 웨어울프의 머리를 밟으며 목을 창날로 잘랐다. 뼈와 살이 갈리는 감촉이 손바닥에 선명했다.

"빌어먹을."

크누트는 폭발로 대부분의 장비를 잃었다. 통신기는 진작 터졌다. 작전 따윈 이미 까먹었다. 짙은 분노와 살의가 들끓었다. 그에게 명령을 내리고 통제해야 할 분대장은 죽고 없다.

크누트는 골목길을 틀어막고, 지나가는 그런트 무리를 바라봤다.

"개자식들아!"

크누트는 소리를 내지르며 놈들의 관심을 끌었다. 그런트들이 발광하며 달려왔다. 크누트가 비릿하게 웃으며 녹색 안광을 빛냈다.

주머니를 뒤적여 전투 각성제를 꺼냈다. 앰플에 금이 갔지만 깨지진 않았다.

드래곤 피어에 대응하기 위한 약물이지만, 그 자체로도 진통과 흥분 효과가 있다.

치익!

각성제를 투여한 크누트가 몸을 부르르 떨었다. 전투 각성제의 성분들은 나쁘게 말하자면 마약의 일종이다. 표준 장비로 지급하지 않는 이유가 있다.

"……다 죽여 버리겠어."

흥분한 크누트가 총을 집어 던졌다. 대신에 웨어울프의 머리를 꽂은 창을 빙글빙글 돌렸다.

그가 그런트 무리에 몸을 던졌다. 창날을 따라 피보라가 짙게 일었다. 괴물들의 비명이 뒤섞였다.

"무식하게 쏟아져 나오는군."

지휘부에서는 미니언들 숫자에 기가 질렸다. 교환비는 압도적으로 유리했지만 온갖 미니언이 꾸역꾸역 차원 게이트에서 떨어졌다.

'어느 날 갑자기 파리 시내에 차원 게이트가 열렸다면…….
상상만 해도 끔찍하군.'

파리 시민들을 전부 먹어 치우고도 남을 미니언 숫자다.
오라클을 일찍 깨운다는 상부의 판단이 옳았다.

오라클의 예언 덕분에 미리 대비했기에 현재 방어선으로
막아내고 있다. 원래는 프랑스 전역이 전쟁터가 되고도 남을
규모다.

－제2번 구역을 비워라. 터뜨린다.

부대가 움직였다. 2번 구역에 설치된 폭탄이 일제히 점화
했다.

쿠－ 우우웅!

지휘 막사에서도 보일 정도로 폭발이 높게 솟아올랐다.

"파리도 끝났어."

화면을 보던 오퍼레이터가 말했다.

이번 전투가 승리로 끝나도 파리는 쑥대밭이 된다. 찬란한
명성도 끝이다. 아크의 작전 계획에서 파리를 이용해 미니언
을 막는 것이다. 시설이나 건물을 지킨다는 내용은 눈곱만치
도 없다.

"드래곤이 나오긴 하는 건가."

그런 의구심이 들 정도로 미니언들의 숫자는 압도적이
었다.

고오오오오!

쏟아지던 미니언들이 멈췄다. 차원 게이트에서 적막이 일었다. 마지막으로 빠져나온 미니언은 허겁지겁 움직였다.

으적, 으적.

차원 게이트에서 핏물이 쏟아졌다. 마치 붉은 비가 내리는 듯했다. 눈으로 보일 정도로 밀도 높은 사이킥 에너지가 아지랑이처럼 새어 나왔다.

쏴아아아.

황금빛 드래곤이 모습을 드러냈다. 드래곤은 미니언들을 씹어 삼키고 있었다.

이빨 사이로 핏물이 뚝뚝 떨어졌다. 파충류의 눈동자가 주변을 관찰하듯 응시했다. 덩치는 작은 편이었다.

지난 전쟁에 출현한 드래곤보다도 작은 크기였다. 그 위압감은 바하무트에 비하면 한참 떨어졌다.

바하무트급이 아니라는 사실에 사람들은 가슴을 쓸어내렸다.

"캬오오오오!"

차원 게이트를 빠져나온 드래곤이 포효했다.

─블루 팀, 작전 개시.

명령이 떨어졌다. 1세대 강화병 4명으로 이루어진 블루 분대가 움직였다. 그중에서는 레드 중사도 있었다. 그들은 점프팩을 사용하면서 건물과 건물을 뛰어넘었다.

"브레스다!"

드래곤이 숨을 집어삼키듯 입안에 사이킥 에너지를 모았다. 드래곤 브레스, 혹은 파괴 광선이라 불리는 사이킥 광선이다. 정통으로 맞는다면 사이코 프레임 내구성이 견디지 못한다.

콰아아아아!

블루 분대원들은 각자 흩어졌다. 그들은 드래곤 토벌 경험자들이다. 드래곤의 행동 패턴은 익숙하다.

'우리 선에서 끝낸다.'

수신호와 명령이 오갔다. 그들은 각자 역할에 따라 움직였다. 드래곤 주위로 에어비트들이 솟아났다. 에어비트들이 염동력으로 여기저기 고정되듯 정지했다.

촤아아악!

레드 중사는 갈고리 총을 쐈다. 갈고리 총이 드래곤의 몸에 박혔다. 갈고리가 박힌 드래곤의 비늘이 흐물흐물하게 흔들렸다.

드래곤은 이중 차원에 걸친 존재다. 그들이 두르고 있는 사이킥 실드는 일반적인 것들과는 달랐다.

'마치 물그림자를 베는 것과 똑같지. 맞은 것 같아도 전혀 데미지는 없다.'

드래곤의 몸에 박힌 갈고리는 곧 저절로 빠진다. 그 전에 케이블을 이용해서 가까이 접근했다. 에어비트를 밟으며 점프팩으로 가속을 붙였다.

'날개부터.'

드래곤은 날개를 잃으면 날지 못한다. 드래곤은 실제로 날개를 이용해서 날아다니는 게 아니다. 사이킥 능력으로 비행하는 것뿐이다.

'하지만 날개를 잃으면 비행 능력이 없어진다.'

연구원들은 그걸 심상의 구체화라고 말했다.

드래곤은 날개를 퍼덕임으로 날아다닌다는 느낌을 얻어서 비행하는 것이라 추측한다. 느낌과 상상력은 사이킥 능력의 중요한 핵심이다.

"빨라!"

드래곤은 덩치가 작은 대신에 움직임이 재빨랐다. 강화병들의 포위에 벗어나듯이 드래곤이 높이 날아올랐다.

고오오오오!

레드 중사의 헬멧에서 붉은 안광이 번쩍였다. 그는 코피가 터져 나올 정도로 집중했다.

화르르르륵!

드래곤의 안면에서 불꽃이 일었다. 레드 중사의 발화 능력이었다. 드래곤은 포효하며 머리를 뒤흔들었다. 사이킥 불꽃이 드래곤의 시야를 뺏고 움직임을 멈췄다.

'젠장, 늦었나.'

레드 중사는 어질어질했다. 다른 분대원들이 날아오르며 드래곤의 등에 올라탔다.

각자 무기를 꺼내 들었다. 드래곤 교전은 크게 2단계로 나뉜다. 날개를 베어내기 전의 공중전, 날개를 베어낸 뒤의 지상전.

'다른 녀석들이 무사히 올라탔다. 지상전을 준비……'

파− 직.

드래곤의 몸이 반짝였다. 비늘이 원래 황금색이지만 비늘 주변이 더욱 샛노랗게 빛났다.

−끄아아아아……

드래곤은 전류를 내뿜었다. 드래곤의 등에 올라탔던 강화병 2명이 비명을 질렀다. 슈트의 틈으로 전류가 뱀처럼 스며들어갔다. 비명이 퍼지던 통신마저 끊겼다.

"저런 능력은…… 말도 안 돼."

지금까지 전류를 뿜은 드래곤은 없었다. 육탄전, 브레스 정도로 이루어진 드래곤의 공격 패턴은 비교적 단순한 편이었고, 사이코 프레임의 실전 투입 이후로는 적은 희생으로 잡아냈었다. 당시 드래곤들은 지금과 같은 전류 공격 패턴이 없었다.

전류에 직격당한 강화병들이 몸을 부들부들 떨었다. 그중 한 명이 가까스로 일어섰다.

"날개를 잘라!"

레드 중사가 외쳤다. 그 목소리는 닿지 않았지만 강화병은 말하지 않아도 자신이 해야 할 일을 알았다.

'날개를 벤다.'

강화병이 무의식에 가까운 집념으로 칼을 들어서 휘둘렀다. 마지막 힘을 다하듯 한쪽 날개를 찢어발겼다.

"쿠오오오오오!"

드래곤이 추락하며 땅바닥을 뒹굴었다. 등에 매달려 있던 강화병들이 찌그러지는 소리가 났다.

드래곤이 몸을 가누기도 전에 레드 중사가 달려들었다. 그도 아까 전에 사이킥 불꽃을 크게 사용해서 지친 상태다.

꾸득, 꾸득.

드래곤의 근골격에서 뒤틀리는 소리가 났다. 날개를 잃은 드래곤의 팔다리가 굵어졌다.

마치 지상전에 적합한 모습을 갖추듯, 몸 전체가 날렵하게 변했다.

'드래곤들이 개량된 건가.'

레드 중사는 지금 나타난 드래곤이 확연하게 다르다는 걸 직감했다. 그는 칼을 뽑아서 달려들었다. 점프팩의 남은 연료를 다 쏟아내며 고속 이동을 했다.

촤악!

드래곤이 앞발을 들어서 레드 중사를 공격했다. 레드 중사는 자신의 앞에 에어비트를 펼치고는 그걸 밟고 한 번 더 뛰었다.

콰직!

레드 중사가 무언가에 맞아서 나뒹굴었다. 그를 맞춘 것은 무너진 건물 잔해였다.

"캬오오오오오!"

드래곤이 울부짖었다. 사이킥 기류가 일었다. 주변의 잔해들이 둥실둥실 뜨더니 일제히 레드 중사에게 부딪쳤다.

'염동력……'

레드 중사의 사이코 프레임 외장이 찌그러졌다. 깊게 찌그러진 곳에는 핏물이 새어 나왔다.

'기존의 전술은 통하지 않아. 공격 체계도, 능력도 확연하게 다르다. 신종이나 마찬가지야.'

레드 중사는 생각했다. 전투 각성제를 투여했기에 통증은 거의 없었다.

아직 강화병도 레드를 포함해서 둘이 남았다.

지상전으로 돌입했기에 1세대만으로도 승산이 아직 충분하다. 베테랑들은 그렇게 호락호락하지 않다.

―이한, 작전 개시.

　통신이 들렸다.

　레드 중사는 자신의 귀를 의심했다. 테스트도 끝나지 않은 2세대 사이코 프레임이다.

　'지금 나타난 드래곤이 신종에 가깝다는 사실은 지휘부도 알 터. 벌써부터 투입하기에는 이르다.'

to be continued

온후 현대 판타지 장편 소설

던전사냥꾼

Dungeon Hunter

나는 실패했고, 다시 도전한다.
더 이상 실패란 없다!

마왕이 되고자 했으나 실패한 랜달프
생의 마지막 순간
과거로 돌아오다!

다시 한 번 주어진 기회
이제 다시는 잊지 않겠다!

지구에 나타난 72개의 던전과 그곳의 주인들.
그리고 각성자들.
나는 그들 모두를 잡아먹는 사냥꾼이다.

예성 장편소설

그라운드의 사령관

촉망받던 야구 유망주 정찬열!

국내 구단의 러브콜을 거절하고 미국행을 선택했지만
별다른 활약을 보이지 못한 채 묻혀 버렸다.

그런 어느 날,
그에게 기회가 찾아왔다!

눈을 떠 보니 고등학교 3학년?

아직 계약하기 전이라고?!

"두 번 다시 같은 실패는 하지 않겠다!"

야구 역사의 한 획을 긋는 그 현장에
지금, 함께하라!